Nel novembre del 1965 Italo Calvino scriveva a Sciascia a proposito di *A ciascuno il suo*: «Ho letto il tuo giallo che non è un giallo, con la passione con cui si leggono i gialli, e in più il divertimento di vedere come il giallo viene smontato, anzi come viene dimostrata l'impossibilità del romanzo giallo nell'ambiente siciliano». Il romanzo apparve da Einaudi nel 1966.
Tutte le opere di Leonardo Sciascia (1921-1989) sono in corso di pubblicazione presso Adelphi.

Leonardo Sciascia

A ciascuno il suo

ADELPHI EDIZIONI

© 1988 ADELPHI EDIZIONI S.P.A. MILANO

I edizione GLI ADELPHI: gennaio 2000
XII edizione GLI ADELPHI: febbraio 2009

WWW.ADELPHI.IT

ISBN 978-88-459-1514-7

A CIASCUNO IL SUO

> Ma non crediate che io stia per svelare
> un mistero o per scrivere un romanzo.
>
> POE, *I delitti di rue Morgue*

I

La lettera arrivò con la distribuzione del pomeriggio. Il postino posò prima sul banco, come al solito, il fascio versicolore delle stampe pubblicitarie; poi con precauzione, quasi ci fosse il pericolo di vederla esplodere, la lettera: busta gialla, indirizzo a stampa su un rettangolino bianco incollato alla busta.

« Questa lettera non mi piace » disse il postino.

Il farmacista levò gli occhi dal giornale, si tolse gli occhiali; domandò « Che c'è? » seccato e incuriosito.

« Dico che questa lettera non mi piace ». Sul marmo del banco la spinse con l'indice, lentamente, verso il farmacista.

Senza toccarla il farmacista si chinò a guardarla; poi si sollevò, si rimise gli occhiali, tornò a guardarla.

« Perché non ti piace? ».

« È stata impostata qui, stanotte o stamattina presto; e l'indirizzo è ritagliato da un foglio intestato della farmacia ».

« Già » constatò il farmacista: e fissò il postino, imbarazzato e inquieto, come aspettando una spiegazione o una decisione.

« È una lettera anonima » disse il postino.

« Una lettera anonima » fece eco il farmacista. Non l'aveva ancora toccata, ma già la lettera squarciava la sua vita domestica, calava come un lampo ad incenerire una donna non bella, un po' sfiorita, un po' sciatta, che in cucina stava preparando il capretto da mettere al forno per la cena.

« Qui il vizio delle lettere anonime c'è sempre » disse il postino. Aveva posato la borsa su una sedia, si era appoggiato al banco: aspettava che il farmacista si decidesse ad aprire la lettera. Gliel'aveva portata intatta, senza aprirla prima (con tutte le precauzioni, si capisce), fidando sulla cordialità e ingenuità del destinatario: 'se l'apre, ed è cosa di corna, non mi dirà niente; ma se è minaccia o altro, me la farà vedere'. Comunque, non sarebbe andato via senza sapere. Tempo ne aveva.

« A me una lettera anonima? » disse il farmacista dopo un lungo silenzio: stupito e indignato nel tono ma nell'aspetto atterrito. Pallido, lo sguardo sperso, gocce di sudore sul labbro. E al di là della vibratile curiosità in cui era teso, il postino condivise stupore e indignazione: un brav'uomo, di cuore, alla mano; uno che in farmacia apriva credito a tutti e in campagna, nelle terre che aveva per dote della moglie, lasciava che i contadini facessero il comodo loro. Né aveva mai sentito, il postino, qualche maldicenza che sfiorasse la signora.

Di colpo il farmacista si decise: prese la lettera, l'aprì, spiegò il foglio. Il postino vide quel che si aspettava: la lettera composta con parole ritagliate dal giornale.

Il farmacista bevve di un sorso l'amaro calice. Due righe, poi. « Senti senti » disse: ma sollevato, quasi divertito. Il postino pensò: 'niente corna'. Domandò « E che è, una minaccia? ».

« Una minaccia » assentì il farmacista. Gli porse la lettera. Il postino avidamente la prese, a voce alta lesse « *Questa lettera è la tua condanna a morte, per quello che hai fatto morirai* » la richiuse, la posò sul banco. « È uno scherzo » disse: e lo pensava davvero.

« Credi che sia uno scherzo? » domandò il farmacista con una punta di ansietà.

« E che altro può essere? Uno scherzo. C'è gente a cui prudono le corna: e si mette a fare di questi scherzi. Non è la prima volta. Ne fanno anche per telefono ».

« Già » disse il farmacista « mi è capitato. Suona il telefono, di notte: vado a rispondere e sento una donna che mi domanda se avevo perso un cane, che lei ne aveva trovato uno mezzo celeste e mezzo rosa e le avevano detto che era mio. Scherzi. Ma questa è una minaccia di morte ».

« È la stessa cosa » affermò il postino con competenza. Prese la borsa, si avviò. « Non stia a pensarci » disse come congedo.

« Non ci penso » disse il farmacista: e già il postino era uscito. Ma ci pensava. Come scherzo, era piuttosto pesante. Se era uno scherzo... E che altro poteva essere? Non aveva mai avuto questioni, non faceva politica, di politica nemmeno discuteva; e il suo voto era veramente a tutti segreto: socialista alle politiche, tradizione familiare e ricordo di gioventù; democratico cristiano alle amministrative, per amore del paese, che quando era amministrato dai democristiani riusciva a strappare qualcosa al governo, e a salvaguardia di quella tassa sui redditi familiari che i partiti di sinistra minacciavano. Mai una discussione: e quelli di destra l'avevano per uomo di destra, quelli di sinistra per uomo di sinistra. Arrovellarsi con la politica era del resto tempo perso: e chi non se ne rendeva conto o ci trovava il suo interesse o era cieco nato. Viveva tranquillo, insomma. E forse questa era la sola ragione che aveva suscitato la lettera anonima: un uomo così tranquillo, ad uno che vivesse di ozio e di malizia, metteva la voglia di inquietarlo, di spaventarlo. O forse bisognava cercare un'altra ragione nell'unica passione che aveva, ed era la caccia. I cacciatori, si sa, sono invidiosi: basta che tu abbia un buon furetto, un buon cane, e tutti i cacciatori del paese ti odiano, anche quelli che ti sono amici, che vengono a caccia con te, che ogni sera vengono a far circolo in farmacia. Casi di cani da caccia avvelenati, nel paese ce n'erano stati tanti: i più valorosi, se di sera i padroni si attentavano a lasciarli un po' liberi nella piazzetta, rischiavano di ritrovarli acciambellati per forza di stricnina. E chi sa che qualcuno non collegasse la stricnina alla farmacia. Ingiustamente, si capisce, ingiustamente: che per il farmacista Manno un cane era sacro come un dio, e specialmente quelli che nella caccia primeggiavano, che fossero suoi o dei suoi amici. I suoi, d'altra parte, stavano al sicuro dal veleno. Ne aveva undici, di razza cirneica la maggior parte: ben nutriti, curati come cristiani, con il giardino di casa a disposizione per i bisogni e per il ruzzo. Era un piacere vederli, e sentirli anche. L'abbaio, che qualche volta faceva mormorare i vicini, alle orecchie del farmacista era musica: e vi distingueva la voce di ciascuno e lo stato, se di allegria o di malanimo o di cimurro.

Eh sì, altra ragione non ci poteva essere. Uno scherzo, dunque, ma fino a un certo punto: qualcuno voleva impaurirlo, e così il mercoledì, che era la sua giornata di libertà, non sarebbe andato a caccia. A parte la modestia, tra le virtù dei suoi cani e l'infallibilità del suo tiro, ogni mercoledì era una strage di conigli e di lepri: e ne faceva fede il dottor Roscio, suo compagno abituale; buon tiratore anche lui, anche lui con un paio di buoni cani, ma insomma... E dunque la lettera anonima finiva col solleticarne la vanità, diventava un attestato della sua fama di cacciatore. Appunto, la caccia stava per aprirsi; e volevano fargli mancare la gran festa del giorno dell'apertura che, cadesse o no di mercoledì, il farmacista viveva come la più radiosa giornata dell'anno.

Strologando su questo, ormai certo, scopo della lettera e sull'identità dell'autore, il farmacista si portò fuori la poltroncina di vimini, sedette nella striscia d'ombra che ora cadeva dalle case. Aveva di fronte la statua in bronzo di Mercuzio Spanò, *maestro del diritto, più volte sottosegretario alle poste*, la cui ombra, nella cruda luce di ponente, si allungava greve di meditazioni sulle lettere anonime: nella sua duplice veste di maestro del diritto e di sottosegretario alle poste. Così, con leggerezza, lo sogguardò il farmacista: ma un così leggero pensiero subito si versò nell'amarezza di chi, ingiustamente colpito, ecco che scopre alta sulla cattiveria altrui la propria umanità, e si condanna e compiange perché alla cattiveria inadatto.

Quando l'ombra di Mercuzio Spanò già toccava il muro del castello dei Chiaramonte, che era dall'altro lato della piazzetta, il farmacista era così assorto nei suoi pensieri che a don Luigi Corvaia sembrò addormentato. Gli gridò «Sveglia!» e il farmacista ebbe un soprassalto, sorrise, si alzò per prendere a don Luigi una sedia.

«Che giornata» sospirò don Luigi calandosi schiantato nella sedia.

«Il termometro ha toccato i quarantaquattro» disse il farmacista.

«Ma ora sta rinfrescando: e vedrai che stanotte avremo bisogno della coperta».

«Non si capisce niente nemmeno col tempo» disse amaro il farmacista. E decise di dare subito la notizia a don Luigi, così ci avrebbe pensato lui a darla ad ogni amico che sarebbe arrivato. «Ho ricevuto una lettera anonima» disse.

« Una lettera anonima? ».

« Di minaccia » e si alzò per andare a prenderla.

La reazione di don Luigi a leggere quelle due righe tremende fu prima un « Cristo! » e poi « È uno scherzo ». Il farmacista convenne che era uno scherzo: uno scherzo sì, ma forse con un certo scopo.

« E che scopo? ».

« Di tenermi lontano dalla caccia ».

« Eh sì, può essere: voi cacciatori siete capaci di tutto » disse don Luigi che della caccia riprovava le irragionevoli spese e fatiche, pur apprezzando la pernice in brodo e il coniglio all'agrodolce.

« Non tutti » precisò il farmacista.

« Certo certo: ogni regola ha le sue eccezioni. Ma tu sai di che cosa sono capaci certuni: la polpetta con la stricnina al cane, la schioppettata tirata al cane dell'amico invece che al coniglio che il cane sta inseguendo... Cornuti: e che vi fa, il cane? Buono o cattivo, il cane fa il cane. Se avete coraggio, dovete prendervela col padrone ».

« Non è la stessa cosa » disse il farmacista che certe vampate d'invidia, nei riguardi dei cani altrui, aveva avuto occasione di provarle: mai però, beninteso, fino al punto di vagheggiarli morti.

« Per me è la stessa cosa: uno che è capace di ammazzare un cane a freddo, sarà capace di ammazzare un cristiano come dicesse un padrenostro ». Ma aggiunse « Forse perché non sono un cacciatore ».

Discussero della psicologia dei cacciatori praticamente per tutta la serata: perché ad ognuno che arrivava ricominciavano il discorso dalla lettera anonima e finivano nell'ombrosa gelosia, invidia e peggio, di coloro che praticavano l'antico e nobile diporto della caccia. I presenti naturalmente esclusi: benché don Luigi Corvaia almanaccasse sospetti anche sui presenti, e per l'avvelenamento dei cani e per la lettera anonima. Ne scrutava le facce, infatti, con quei suoi occhietti acuti tra le palpebre grinzose. Il dottor Roscio, il notaro Pecorilla, l'avvocato Rosello, il professor Laurana, il farmacista stesso (che poteva essere l'avvelenatore non solo, ma anche l'autore della lettera, per darsi patente di cacciatore temibile): ad ognuno, insomma, don Luigi era disposto ad attribuire tanta cattiveria quanta dalla propria mente educata alla diffidenza, al sospetto, alla malizia, segretamente distillava.

Concordarono tutti, comunque, nel giudizio che la lettera fosse da prendere come uno scherzo: maligno in ogni caso, e più se tendeva ad allontanare il farmacista dalla solenne giornata dell'apertura. E quando passò, come ogni sera, il maresciallo dei carabinieri, il farmacista era completamente disposto a stare allo scherzo; e perciò, scherzosamente fingendosi in preda all'abbattimento e alla paura, gli rivolse la lagnanza che nel paese da lui tutelato una persona onesta, un buon cittadino, un buon padre di famiglia, venisse minacciato di morte come niente.

« E che è successo? » domandò il maresciallo, aspettando con faccia già divertita una qualche beffarda rivelazione. Ma si fece serio quando gli fu mostrata la lettera. Poteva essere uno scherzo, forse senz'altro lo era: ma il reato esisteva, la denuncia bisognava farla.

« Ma che denuncia! » disse il farmacista, ormai euforico.

« Eh no, la denuncia ci vuole: è la legge. Magari le eviterò il disturbo di venire in caserma, la scriveremo qui. Ma ci vuole. È cosa di un minuto, del resto ».

Entrarono in farmacia, il farmacista accese la lampada che era sul banco, cominciò a scrivere sotto la dettatura del maresciallo.

Il maresciallo dettava tenendo in mano la lettera spiegata, e sulla lettera cadeva di taglio la luce della lampada. Il professor Laurana, che aveva curiosità riguardo al rito e al linguaggio della denuncia, vide dal rovescio del foglio chiaramente emergere UNICUIQUE e poi, in caratteri più piccoli, confusamente, *ordine naturale, menti obversantur, tempo, sede*. Si avvicinò per meglio decifrare, a voce alta lesse « *umano* » e il maresciallo, infastidito e difendendo quello che era ormai un segreto del suo ufficio, disse « Per favore, non vede che sto dettando? ».

« Stavo leggendo il foglio dall'altra parte » si scusò il professore. Il maresciallo abbassò la mano, ripiegò la lettera.

« Forse sarebbe bene che a questo modo la leggesse anche lei » disse, un po' urtato, il professore.

« Faremo quello che c'è da fare, non dubiti » disse il maresciallo con sussiego. E riprese a dettare.

II

Il ventitré agosto del 1964 fu l'ultima giornata felice che il farmacista Manno ebbe su questa
terra. Secondo il medico legale, la visse fino al
tramonto; e del resto, a suffragare la constata-
zione della scienza, c'erano i pezzi di caccia che
dal suo carniere e da quello del dottor Roscio
traboccavano: undici conigli, sei pernici, tre lepri. Secondo i competenti, quella era messe di
tutta una giornata di caccia, e considerando che
la località non era di riserva, e non proprio ricca
di selvaggina. Il farmacista e il dottore la caccia
amavano farla con fatica, mettendo a prova la
virtù dei cani e la propria: perciò andavano
d'accordo e sempre uscivano insieme, senza cercare altri compagni. E insieme chiusero quella
felice giornata di caccia, a dieci metri di distanza: colpito alle spalle il farmacista, al petto il
dottor Roscio. Ed anche uno dei cani restò a far
loro compagnia, nel nulla eterno o nelle cacce

elisie: uno dei dieci che il farmacista si era portati, avendone lasciato uno a casa che aveva un'infiammazione agli occhi. Forse si era avventato sugli assassini, o forse l'avevano ammazzato per un più di passione e di ferocia.

Gli altri nove del farmacista e i due del dottore non si sa come, sul momento, la presero. Fatto sta che verso le nove entrarono nel paese, e nella leggenda del paese, correndo in branco serrato e così misteriosamente ululando che tutti (poiché tutti, si capisce, li videro e sentirono) ne ebbero un brivido di pauroso presentimento. Così intruppati e gementi i cani si diressero, a palla di fucile, al magazzino che il farmacista aveva adibito a canile: e davanti alla porta chiusa del magazzino raddoppiarono gli urli, indubitabilmente per dare comunicazione a quello che era rimasto, a causa degli occhi infiammati, del tragico avvenimento.

Questo ritorno dei cani portò il paese intero, per giorni e giorni (e così sarà ogni volta che si parlerà delle qualità dei cani), a sollevare riserve sull'ordine della creazione: poiché non è poi del tutto giusto che al cane manchi la parola. Senza tener conto, a discarico del creatore, che se anche la parola avessero avuto, in quella circostanza i cani sarebbero diventati come mutoli: riguardo all'identità degli assassini, e di fronte al maresciallo dei carabinieri. Il quale maresciallo fu avvertito del preoccupante ritorno dei cani quando era già a letto, verso la mezzanotte: e fino all'alba, collaborato da carabinieri e sfaccendati, stette in piazza a tentare di convincere i cani, a mezzo di pezzi di trippa, blandizie e discorsi, a condurlo sul luogo dove avevano lasciato i loro padroni. Ma i cani non se ne dettero intesi: per cui il maresciallo, a sole già alto, e dopo aver saputo dalla signora del farmacista il nome della località in cui, presumibilmente, i due erano andati a caccia, partì per le ricerche: e soltanto ad ora di vespro, dopo una giornata che dio liberi, rinvenne i cadaveri. Per come si aspettava: che già dal momento in cui era saltato dal letto aveva visto realizzata la minaccia contenuta in quella lettera che tutti, e anche lui, avevano preso a scherzo.

Era un grattacapo grosso, il più grosso che al maresciallo fosse capitato in quel paese, nei tre anni che vi aveva passato: un duplice omicidio, e vittime due persone oneste, rispettate, benvolute, di ragguardevole posizione; e con parentela ragguardevole, il farmacista dal lato della moglie, che era una Spanò, pronipote dello Spanò monumentato, e il dottor Roscio dal suo lato, figlio del professor Roscio, oculista, e dal lato della moglie, nata Rosello, nipote dell'arciprete e cugina dell'avvocato Rosello.

Manco a dirlo, dal capoluogo si precipitarono il colonnello e il commissario capo della squadra mobile. E prese poi la direzione delle indagini, come si lesse sui giornali, il commissario: in piena collaborazione, naturalmente, coi carabinieri. La prima mossa, poiché sempre piove sul bagnato, fu quella di fermare tutti quelli che avevano qualche trascorso penale, esclusi i bancarottieri e gli usurai, che nel paese non erano pochi. Ma nel giro di quarantotto ore, tutti i fermati furono restituiti alle loro famiglie. Il buio più assoluto, e ne partecipavano anche i locali *confidenti* dei carabinieri. Si preparavano intanto i funerali, con quella grandiosità che si addiceva alla condizione delle vittime e delle loro famiglie, alla risonanza del caso, al compianto della cittadinanza: e la polizia decise di solennizzarli ed eternarli con una ripresa filmata, preparata in tale segreto che non ci fu uno di quelli che parteciparono all'accompagnamento funebre che poi non affiorasse sullo schermo con una faccia che pareva dicesse all'obiettivo, all'operatore, agli inquirenti « Lo so che ci siete, ma state perdendo tempo: la mia è la faccia di un galantuomo, di un innocente, di un amico delle vittime ».

Andando dietro ai morti, che erano portati a spalla dai loro clienti più devoti e robusti, e pesavano come piombo per i tabuti di noce massiccia, incrostati di bronzo per di più, gli amici della farmacia discorrevano della lettera, frugavano nel passato del farmacista Manno, versando tutto il compianto che la circostanza imponeva sul povero dottor Roscio, che non c'entrava per niente e aveva pagato a peso di morte la leggerezza di accompagnarsi al farmacista, dopo la minacciosa lettera. Perché, con tutto il rispetto per il farmacista, a questo punto, di fronte all'atroce realizzazione della minaccia, bisognava ammettere che una qualche ragione ci doveva essere ad armare la mano all'assassino: magari assurda, magari fondata su un piccola, lontana, inavvertita azione (malazione) della vittima. E poi la lettera parlava chiaro: *per quello che hai fatto morirai*; dunque una colpa, senz'altro lieve, senz'altro remota, il farmacista doveva averla. Ma d'altra parte nessuno per niente fa niente: e non si arriva ad ammazzare un uomo (due in questo caso, con l'innocente dottor Roscio di mezzo) per una cosa da niente. A caldo, d'accordo, si può anche ammazzare per un sorpasso, per una parola: ma questo delitto era stato preparato a freddo, per vendicare un'offesa non facilmente dimenticabile, una di quelle offese che il tempo invece di cancellare incrudisce. I pazzi non mancano, d'accordo: che si fissano su una persona, che si figurano questa persona intenta a perseguitarli segretamente, continuamente. Ma davvero questo si può dire il delitto di un pazzo? A parte il fatto che i pazzi dovevano essere due: e pensare due pazzi d'accordo è piuttosto difficile. Perché per essere due, gli assassini, erano due: nessuno si sarebbe arrischiato ad affrontare da solo due persone armate, che in quel momento avevano il fucile in mano, carico e pronto; e si sapeva, poi, che erano tiratori piuttosto veloci, piuttosto precisi. Di pazzesco c'era, sì, la lettera: perché avvertire? E se il farmacista, con la coscienza della propria colpa (che ci doveva pur essere) o soltanto impressionato dalla minaccia, avesse rinunciato ad andare a caccia? Non sarebbe andato per aria il disegno degli assassini?

« La lettera » disse il notaro Pecorilla « è tipica di un delitto passionale: quale che sia il rischio, il vendicatore vuole che la vittima cominci a morire e insieme a rivivere la propria colpa fin dal momento che riceve l'avvertimento ».

« Ma il farmacista non cominciò per niente a morire » disse il professore Laurana. « Forse un po' turbato era la sera in cui ebbe la lettera: ma poi ci scherzava su, era tranquillo ».

« E che ne sa lei di quello che un uomo può nascondere? » disse il notaro.

« E perché nascondere? Ad avere, anzi, qualche sospetto sulla provenienza della minaccia, la cosa più sensata da fare... ».

« ... sarebbe stata quella di comunicarlo agli amici e magari al maresciallo » completò ironicamente il notaro.

« E perché no? ».

« Ma mio caro amico! » disse il notaro con stupore e rimprovero, ma affettuosamente. « Immagini, mio caro amico, che il farmacista Manno, di felice memoria, in un momento di debolezza, di pazzia... Siamo uomini, no? » cercò intorno approvazione, e non gli mancò. « Una farmacia è frequentata più da donne che da uomini, il farmacista è considerato quasi un medico... Insomma: l'occasione fa l'uomo ladro... Una ragazza, una giovane... Stiamo attenti: non mi risulta che la buonanima avesse di queste debolezze. Ma chi può giurarlo? ».

« Nessuno » disse don Luigi Corvaia.

« Ecco, vede? » continuò il notaro. « E potrei anche dire che, se mai, qualche elemento per formulare il sospetto che... Parliamoci chiaro: la buonanima fece un matrimonio d'interesse. Basta guardare la signora, poveretta, per non avere dubbio: buonissima donna, d'accordo, donna di grandi virtù; ma brutta, poveretta, fin dove dio poté arrivare... ».

« Lui veniva dalla povertà » disse don Luigi « e come tutti quelli che sono stati poveri era avido ed avaro, specialmente in gioventù... Poi, dopo il matrimonio, con la farmacia bene avviata, diventò diverso. In apparenza ».

« Giusto: in apparenza. Perché sotto sotto era un uomo chiuso, duro... E, per tornare al centro del discorso, mettete mente a questo: qual era il suo comportamento quando si parlava di donne? ».

La domanda del notaro ebbe la pronta risposta di don Luigi « Se ne stava muto: ascoltava e non parlava ».

« Questo, ammettiamolo sinceramente, noi che abbiamo il vizio di discorrere di donne, è l'atteggiamento di chi fa. A momenti, ricordate?, faceva un sorriso che pareva dire "voi parlate, ma io faccio". E poi bisogna considerare che era un bell'uomo ».

« Quello che lei dice, caro notaro, non prova niente » disse il professore. « E anche a darlo per vero, che il farmacista avesse sedotto una fanciulla o oltraggiato una sposa, per usare un linguaggio da vecchio romanzo popolare... Anche se vero, resta da spiegare perché, ricevendo la lettera, non avrebbe potuto confidare al maresciallo i suoi sospetti riguardo all'identità dell'autore ».

« Perché a volte tra il perdere la pace in casa e il guadagnare la pace eterna uno sceglie la pace eterna, e non se ne parla più » intervenne il commendator Zerillo, con una faccia che diceva il rammarico di non essere stato capace, fino a quel momento, di fare la stessa scelta.

«Ma il maresciallo, con discrezione...» cominciò ad obiettare il professor Laurana.

«Non dica fesserie» tagliò il notaro. E poi «Mi scusi, le spiegherò più tardi» ché si era già arrivati al punto in cui, davanti la chiesa del cimitero, si pronunciavano i discorsi in lode degli estinti: e appunto il notaro era stato designato a celebrare le virtù del farmacista.

Ma non ci fu bisogno, per il professore, della spiegazione del notaro. Effettivamente, aveva detto delle fesserie.

Già fin dalla sera prima, la vedova Manno, con squisite allusioni, con delicati eufemismi, dal commissario era stata invitata a ricordare, a riflettere, se per caso, se mai, come sempre e dovunque capita, avesse avuto l'ombra, *l'ombra*, del sospetto non che suo marito mantenesse una relazione extra, per carità!, né che occasionalmente la tradisse, ma che qualche donna lo circuisse, lo tentasse, frequentasse troppo la farmacia: l'impressione più vaga, insomma; e il commissario se ne sarebbe contentato. La signora disse di no: sempre, decisamente. Ma il commissario non si diede per vinto, fece portare in caserma la cameriera e paternamente interrogandola dopo sei ore riuscì a farle ammettere che sì, una volta un piccolo incidente in famiglia c'era stato, a proposito di una ragazza che, a parere della signora, troppo spesso si faceva vedere in farmacia (la farmacia era sotto casa: ed era facile alla signora, quando ne aveva voglia, controllare chi entrava ed usciva). Domanda «E il farmacista?». Risposta «Negava». Domanda «E voi cosa pensavate?». Risposta «Io?

25

E io che c'entro? ». Domanda « Avevate lo stesso sospetto della signora? ». Risposta « La signora non aveva sospetto: gli pareva che la ragazza fosse molto viva, e un uomo è un uomo ». Domanda « Molto viva. Ed anche molto bella, no? ». Risposta « Non tanto, a mio parere; ma viva sì ». Domanda « Molto viva: cioè molto vivace, piuttosto civetta... Volete dire questo? ». Risposta « Sì ». Domanda « E come si chiama, questa ragazza? ». Risposta « Non lo so » con le varianti « Non la conosco, non l'ho mai vista, l'ho vista una sola volta e non la ricordo nemmeno » dalle 14,30 alle 19,15, ora in cui per improvviso rinverdire della memoria la cameriera ricordò il nome non solo, ma l'età, la strada, il numero civico, i parenti fino al quinto grado e una infinità di altre notizie relative alla ragazza in questione.

Per cui alle 19,30 la ragazza era davanti al commissario, col padre che aspettava davanti la porta della caserma; e alle 21 la futura suocera, recandosi a casa della ragazza in compagnia di due sue amiche, restituiva un orologio da polso, un portachiavi, una cravatta e dodici lettere e reclamava l'immediata restituzione di un anello, un bracciale, un velo da messa e dodici lettere. E velocemente sbrigata la cerimonia, che senza remissione scioglieva il fidanzamento, la vecchia ex futura suocera vi mise maligno suggello con l'esortazione « Trovatevi un altro cretino » implicitamente proclamando che suo figlio intelligente non era, se si era messo a rischio di affidare il proprio onore a una che aveva avuto tresca col farmacista. L'esortazione strappò gemiti di vergogna e di rabbia alla madre della ragazza e ai parenti che erano accorsi. La vecchia se ne andò lesta, prima che si riavessero e si scatenassero, seguita dalle due amiche; e appena in strada, in modo che il vicinato sentisse, gridò « Ogni male non viene per nuocere. E non potevano ammazzarlo prima che mio figlio si infilasse in questa casa? » evidentemente alludendo al farmacista, che si ebbe così il secondo elogio funebre della giornata.

III

Attraverso un mucchio di ricette e la testimonianza del medico che le aveva scritte, il commissario si convinse che l'andare e venire della ragazza dalla farmacia si doveva quasi definitivamente attribuire a una meningite che aveva colpito un suo fratello, di undici anni, che ancora ne portava i segni: un'aria inebetita e spaventata, vuoti di memoria e difficoltà ad esprimersi. Poiché il padre andava in campagna a lavorare e la madre di casa non usciva, il compito di andare a fare le ricette e di domandare chiarimenti al medico curante era rimasto a lei, che tra l'altro era la più vivace e istruita della famiglia. Naturalmente furono interrogati anche il padre e l'ex fidanzato: ma così, tanto per esaurire quel ramo di indagine.

Convinto il commissario, alla ragazza restava da convincere un paese intero, 7500 abitanti, i suoi familiari inclusi. I quali, appena rilasciata dal commissario, ad ogni buon conto si avventarono su di lei e silenziosamente, tenacemente, accuratamente la picchiarono.

La signora Teresa Spanò vedova Manno, che aveva tirato fuori tutte le fotografie del farmacista per scegliere quella da far riprodurre in smalto, da incastonare nella tomba, vedeva su ognuna il bello e placido volto del marito animarsi al labbro di un ghigno appena percettibile e agli occhi di una luce fredda e derisoria. La metamorfosi del farmacista veniva così realizzandosi anche sotto il tetto in cui per quindici anni era vissuto da marito fedele, da padre esemplare. Torturata dal sospetto anche nel sonno, con un baluginare di specchi da cui il farmacista affiorava nudo come un verme e disarticolato come un manichino, risvegliandosi di soprassalto, la signora si alzava per tornare a interrogare le immagini del marito: e a volte pareva le rispondesse dalla morte in cui era, e che tutto era morte e niente importava; e a volte, più spesso, dalla cinica e feroce vita che continuava. E decisamente sdegnati erano i parenti di lei, sempre pronti a rimproverarle quel matrimonio cui a suo tempo, con ogni mezzo, si erano opposti; mentre quelli del farmacista, ai margini del fastoso lutto così come lontani si erano tenuti dalla vita agiata e soddisfatta del loro parente, erano portati a considerare i fatti nei termini della fatalità: e che se tu cambi stato, e ritieni di toccare la ricchezza e la felicità, ecco che il dolore, la vergogna, la morte più velocemente ti raggiungono.

Pur mancando ogni indizio, fatta eccezione per un mozzicone di sigaro trovato sul luogo del delitto (e presunsero gli inquirenti che nella lunga attesa, in agguato, uno degli assassini lo avesse fumato), non c'era uno nel paese che non avesse già, per conto suo, segretamente, risolto o quasi il mistero; o che si ritenesse in possesso di una chiave per risolverlo. Aveva la sua chiave anche il professor Laurana: ed era quell'UNI-CUIQUE che, insieme ad altre parole che aveva dimenticato, fortuitamente era affiorato dal rovescio della lettera per l'obliqua luce che vi cadeva. Non sapeva se il maresciallo avesse fatto caso al suggerimento di guardare il rovescio della lettera o se comunque, nel corso ora delle indagini, nei laboratori della polizia avessero esaminato la lettera per ogni verso: nel quale caso l'UNICUIQUE non poteva non essere al centro delle indagini. Ma in fondo era tutt'altro che sicuro, e che si fossero messi a esaminare la lettera nel senso da lui suggerito, e che una volta esaminata riconoscessero l'importanza dell'indizio: e in ciò giuocava anche una certa vanità, quasi che ad altri non fosse dato di penetrare in un così evidente segreto o in una così segreta evidenza; cui appunto bisognava, per la contraddizione che conteneva, una mente libera e pronta.

Così, per vanità, si trovò a fare il primo passo: quasi senza volerlo. Passando, come ogni sera, dal giornalaio, domandò « L'Osservatore romano ». Il giornalaio se ne stupì: e perché il professore era in fama, non del tutto meritata, di furioso anticlericale, e perché da almeno vent'anni nessuno gli aveva mai domandato quel giornale. E lo disse, dando al professore una piccola palpitazione di gioia « È da almeno vent'anni che non sento chiedere "L'Osservatore". Durante la guerra qualcuno lo leggeva, ne arrivavano cinque copie. Poi è venuto il segretario del fascio e mi ha detto che se non avessi disdetto "L'Osservatore" mi avrebbe fatto ritirare la licenza di vendere giornali... Chi comanda fa legge. Lei che avrebbe fatto? ».

« Quello che ha fatto lei » disse il professore. 'Dunque nessuno ha domandato al giornalaio se vende "L'Osservatore"; ma può darsi che il maresciallo sapesse già. Bisogna tentare con l'ufficiale postale, o col postino'.

L'ufficiale postale era un tipo loquace, amico di tutti. Non ci fu bisogno di stargli tanto appresso per avere l'informazione. « Sto facendo un certo lavoro, su Manzoni. Mi è stato segnalato un articolo che è uscito sull'"Osservatore romano", quindici o venti giorni fa. C'è qualcuno, qui in paese, che riceve "L'Osservatore"? ».

Si sapeva che il professore faceva dei lavoretti di critica, che pubblicava su riviste. Perciò l'ufficiale postale diede l'informazione senza nemmeno pensarci (e non l'avrebbe data, o l'avrebbe data con esitazione, con diffidenza, se già la polizia gliel'avesse domandata) « Ne arrivano due copie: una all'arciprete, una al parroco di Sant'Anna ».

« E alla Democrazia Cristiana? ».

« No ».

« Nemmeno al segretario? ».

« Nemmeno: due sole copie, può stare tranquillo ». E attribuendo l'insistenza del professore alla mancanza di dimestichezza coi preti, consigliò « Vada dal parroco di Sant'Anna, se ha il numero del giornale che lei cerca, senz'altro glielo darà ».

Il professore seguì subito il consiglio: la chiesa di Sant'Anna era a due passi, e la canonica a lato. Del resto, era in qualche confidenza col parroco: uomo di grande spregiudicatezza, ai superiori inviso e dal popolo benvoluto (ma avevano ragione i superiori).

Fu accolto a braccia aperte; ma quando disse la ragione della visita il parroco prese espressione di rammarico, disse che sì, riceveva « L'Osservatore », per forza d'inerzia e anche per non dare all'occhio non aveva mai disdetto l'abbonamento che aveva fatto il parroco suo predecessore; ma in quanto a leggerlo, via... « Non l'ho mai letto, nemmeno l'ho mai aperto: così com'è, credo che se lo porti via il mio cappellano. Lo conosce? Quel prete giovane, tutt'ossa, che non guarda mai negli occhi. Un cretino. E una spia anche: me l'hanno appiccicato per questo. Lui lo leggerà "L'Osservatore"; può darsi anzi che lo conservi. Se vuole, gli telefono ».

« Gliene sarei grato ».

« Subito ». Sollevò il ricevitore, chiese il numero. Appena avuta la comunicazione bruscamente domandò « Gliel'hai fatto il rapporto quotidiano all'arciprete? » e strizzava l'occhio al professore, muovendo ostentatamente il telefono da cui veniva la voce dell'altro, che certo negava. Poi « Ma io me ne... E poi non ti ho telefonato per questo. Sentimi bene: che ne fai delle copie dell'"Osservatore romano" che mi rubi?». Altre proteste, che il parroco troncò dicendo «No, stavolta sto scherzando... Avanti, dimmi, che ne fai?... Le conservi?... Bravo, bravo... Aspetta un momento, ti dirò quali numeri mi bisognano; non per me, si capisce, ma per un amico, un professore... Quali numeri le bisognano?».

«Precisamente non lo so: direi che l'articolo che cerco si troverà tra il primo luglio e il quindici agosto».

«Benissimo... Senti: ce li hai tutti i numeri dal primo luglio al quindici agosto?... Devi controllare? Controlla, e al tempo stesso vedi se in uno di questi numeri si parla di Manzoni... Controlla bene, e mi telefoni il risultato». Posò il telefono, spiegò «La ricerca la fa lui: se trova l'articolo, gli dirò che me lo porti domani mattina. Così lei si risparmia il disgusto di vederlo. È un essere lercio».

«Davvero?».

«Ci vuole stomaco forte, mi creda, a vederse-lo tra i piedi. Secondo me, è anche un vizioso: lei mi capisce... Io mi diverto a tenerlo sempre in mezzo alle ragazze... Soffre, il disgraziato, soffre. E si vendica. Io la vita, lei sa, la prendo per il verso giusto... Lei l'ha mai sentita la barzelletta della perpetua giovane, dell'inchiesta del vescovo...? No? Gliela voglio raccontare: per una volta, sentirà una barzelletta sui preti raccontata da un prete... Dunque: al vescovo vanno a riferire che in un paese c'è un prete che non solo tiene una perpetua di età molto al di sotto, come dice Manzoni (lupus in fabula), della sinodale; ma che se la corica a lato, nello stesso letto. Il vescovo, naturalmente, corre: piomba in casa del prete, vede la perpetua, giovane e belloccia davvero, poi la camera da letto, il letto a due piazze e mezza. Contesta al prete l'accusa. Il prete non nega "È vero" dice "eccellenza che lei dorme da questo lato e io da quest'altro: ma, come vede, al muro, tra il mio lato e il suo, ci sono dei cardini; e a questi cardini io ogni sera, prima di andare a letto, attacco questa grande e robusta tavola, che è come un muro" e mostra la tavola. Il vescovo si addolcisce, è stupito da tanto candore: ricorda qualcuno di quei santi del medioevo che andavano a letto con una donna ma mettendo una croce o una spada nel mezzo; con dolcezza dice "Ma figliuolo mio, la tavola sì, non c'è dubbio, è una precauzione; ma la tentazione, se la tentazione ti assale furiosa, rabbiosa, infernale qual è? E tu che fai, quando la tentazione ti assale?". "Oh eccellenza" risponde il prete "non ci vuole poi tanto: levo la tavola" ».

Il parroco ebbe il tempo di raccontarne un altro paio, di barzellette, prima che arrivasse la telefonata del suo cappellano. Aveva controllato: i numeri li aveva tutti, dal primo luglio al quindici agosto; ma l'articolo su Manzoni non c'era.

« Mi dispiace » disse il parroco « ma forse non ha saputo guardare. Gliel'ho detto, è un cretino. Per essere certi forse bisognerebbe che ci andasse lei, a vederli. O vuole che gli dica che me li porti tutti qui? ».

« Ma no, grazie, sarebbe troppo incomodo. E poi non è che l'articolo mi è indispensabile ».

« Lo credo bene: sono secoli che non diciamo niente di indispensabile... E su Manzoni, poi, figuriamoci quello che può dire un cattolico su Manzoni; uno scrittore che oggi ci vuole un libertino, un libertino vero, e nel senso originale e nel senso corrente della parola, per intenderlo, per amarlo ».

« Eppure certe pagine di cattolici, su Manzoni, sono illuminanti ».

« Le conosco: il dio che atterra e suscita, la grazia, il paesaggio, Manzoni e Virgilio... Oh, in quanto a questo, direi che tutta la critica manzoniana è stata fatta da cattolici. Con qualche eccezione: e non molto intelligente, per la verità... E sa quando ci si avvicina al centro, al magma? Quando si tocca il tema del silenzio dell'amore... Ma lasciamo andare... Ecco, le voglio far vedere qualcosa, perché so che lei se ne intende ». Andò a un armadio a muro, l'aprì: ne tirò fuori una statuetta alta un palmo, un san Rocco. « La guardi: che movimento, che finezza... E sa come l'ho avuta? Un mio collega, di un paese qui vicino: la teneva in sacrestia, in un ripostiglio, buttata come roba vecchia. Gli ho comprato un bel san Rocco nuovo, grande, di cartapesta. Mi ritiene un maniaco, uno che impazzisce dietro le anticaglie: e quasi si faceva scrupolo a guadagnare tanto, nel cambio ».

Il parroco era piuttosto noto come acuto e rapace conoscitore di cose d'arte, e si sapeva che manteneva costante commercio, e proficuo, con qualche antiquario di Palermo. Infatti, mostrando da ogni parte il san Rocco « L'ho già fatto vedere, mi offrono trecentomila lire: ma per ora me lo voglio godere un po', c'è sempre tempo perché vada a finire in casa di qualche ladro del pubblico denaro... Che ne dice? Prima metà del Cinquecento, no?».

«Direi di sì».

«È di questo parere anche il professor De Renzis: un'autorità per quanto riguarda la scultura siciliana del Quattro e Cinquecento... Solo che il suo parere» scoppiò a ridere «coincide sempre col mio: poiché io lo pago».

«Lei non crede in niente» disse il professore.

«Oh sì, in qualche cosa. Forse in troppe, per i tempi che corrono».

Era diffuso in paese l'aneddoto, forse vero, che mentre celebrava la messa, nell'atto di aprire il tabernacolo, la chiave gli si era inceppata nella serratura; e impazientemente armeggiando con la chiave al parroco era sfuggita l'imprecazione «E che diavolo c'è?» voleva dire nella serratura. Il fatto è che aveva sempre fretta nelle cose di chiesa, era sempre in giro a trafficare, a intrallazzare.

«Ma, mi scusi, io non capisco...» cominciò il professore.

«Perché mi tenga addosso questa veste?... Le dirò che non me la sono messa addosso di mia volontà. Ma forse lei conosce la storia: un mio zio prete, parroco di questa stessa chiesa, usuraio, ricco, mi lasciò tutto il suo: a patto che diventassi prete. Io avevo tre anni, quando lui morì. A dieci, quando entrai in seminario, mi sentivo un san Luigi; a ventidue, quando ne uscii, un'incarnazione di Satana. Avrei voluto piantare tutto: ma c'era l'eredità, c'era mia madre. Oggi non tengo più a quello che ho eredi- tato, mia madre è morta; potrei andarmene...».

« Ma c'è il Concordato ».

« Nel mio caso, col testamento di mio zio alla mano, il Concordato non mi colpirebbe: mi so- no fatto prete per costrizione, e dunque mi lascerebbero andare senza menomare i miei di- ritti civili... Ma il fatto è che in questa veste ormai ci sto comodo; e tra la comodità e il dispetto ho raggiunto un equilibrio, una perfe- zione, una pienezza di vita...».

« Ma non rischia di passare qualche guaio? ».

« No, assolutamente. Se si attentano a toccar- mi, gli pianto uno scandalo tale che persino gli inviati della "Pravda" verranno a bivaccare qui almeno per un mese. Ma che dico, uno scanda- lo? Una serie, un fuoco d'artificio di scanda- li...».

Così piacevolmente intrattenuto, il professor Laurana lasciò la canonica che era quasi mezza- notte. Ne usciva pieno di simpatia per il parroco di Sant'Anna. 'Ma la Sicilia, forse l'Italia intera' si disse 'è fatta di tanti personaggi simpatici cui bisognerebbe tagliare la testa'.

Riguardo all'UNICUIQUE, aveva appreso che non poteva venire dal giornale che arrivava alla parrocchia di Sant'Anna. Ed era già qualcosa.

IV

Erano già passati i tre giorni del lutto stretto, per cui Laurana ritenne di non commettere indiscrezione andando dall'arciprete Rosello per chiedergli in prestito quel numero dell'«Osservatore romano», tra il primo luglio e il quindici agosto, che conteneva un articolo su Manzoni di cui non poteva fare a meno nel suo lavoro. L'arciprete era zio della moglie del dottor Roscio: molto affezionato, ché la ragazza era cresciuta in casa sua fino al matrimonio. Quella dell'arciprete era una grande casa, tenuta su da grandi proprietà indivise: e una ventina d'anni prima, convivendovi i due fratelli sposati con le loro famiglie, dodici persone formavano una sola cosa, e in più l'arciprete che ne era il capo non soltanto spirituale. Poi la morte e i matrimoni avevano trascinato via nove persone, sicché ne rimanevano quattro: l'arciprete, le due

cognate, un nipote fino a quel momento scapo-
lo, che era l'avvocato Rosello.

L'arciprete era in sagrestia, stava svestendosi
dei paramenti della messa. Accolse benissimo il
professore, quasi gliel'avesse mandato il cielo.
Dopo dieci minuti di cerimonie vennero a parlare dell'atroce delitto, dell'indole docile e gene-
rosa del dottor Roscio buonanima, del dolore
inconsolabile della vedova.

« Terribile delitto. E poi così oscuro, così mi-
sterioso » disse il professore.

« Non tanto » affermò l'arciprete. Una pausa,
e poi « Vede, quello là » cioè il povero farmacista « aveva le sue tresche. Non se ne sapeva
niente, d'accordo. Fatto sta che è stato prima
avvisato e poi ammazzato: che è il procedimento
tipico della vendetta. E il mio povero nipote c'è
andato di mezzo ».

« Lei crede? ».

« E che altro si può pensare? Questioni d'interesse, quello, non ne aveva con nessuno, a
quanto è stato accertato. Non resta da pensare
che ad una tresca. E a un padre, a un fratello, a
un fidanzato che ad un certo punto l'offesa gli
brucia e la fa finita: e con tanta furia che non
vede nemmeno che c'è un innocente di mezzo... ».

« È possibile, ma non è certo ».

« Certo? Ma di certo, caro professore, c'è solo
Dio. E la morte. Certo no, si capisce: ma gli
elementi che ci avvicinano alla certezza ci sono.
Primo: la lettera avverte il farmacista che pa-
gherà con la morte una sua colpa; non dice
quale, ma chi la scrisse supponeva che il ricordo

39

di quella colpa, se lontana, dovesse subito affiorare in chi l'aveva commessa (e dunque grave colpa non dimenticabile) o sapeva di riferirsi a cosa vicina, in atto per così dire. Secondo: se, come lei sa bene, poiché mi hanno detto che era presente, il farmacista non voleva presentare denuncia, almeno il sospetto che dalla denuncia potesse svolgersi qualcosa di poco onorevole per lui, doveva averlo: almeno il sospetto. Terzo: non pare che la vita familiare scorresse del tutto tranquilla, in casa del farmacista... ».

« Non so... Ma qualche obiezione da fare l'avrei. Primo: il farmacista riceve una minaccia chiara, diretta. E che fa? A una settimana di distanza offre al suo nemico l'occasione migliore per attuare la minaccia: se ne va a caccia. La verità è che non l'ha presa sul serio, che ha creduto ad uno scherzo: e dunque nessuna colpa, né lontana né presente. O meglio: visto che la minaccia è stata così ferocemente attuata bisogna pensare ad una colpa molto lontana, talmente lontana da parere incredibile uno scatto così ritardato della vendetta. Oppure bisogna pensare ad una colpa commessa inavvertitamente: un gesto, una parola, qualcosa insomma cui non si fa caso e che invece colpisce indelebilmente una mente malata, esasperata. Secondo: nessuno, vedendo la lettera, ha creduto fosse da prendere sul serio. Nessuno: e questo è un paese piccolo, in cui è difficile sfugga alla gente una relazione, per quanto segreta, un vizio, per quanto nascosto... In quanto al fatto che non voleva presentare denuncia: è vero; ma appunto in conseguenza del significato di scherzo che lui e gli amici attribuivano alla lettera ».

« Può darsi abbia ragione lei » disse l'arciprete: ma gli si leggeva negli occhi che restava fermo nella sua opinione. Poi invocò « Dio mio, getta la tua luce e scopri il vero: per la giustizia e non per la vendetta ».

« Speriamo » disse il professore, come amen. Poi disse la ragione per cui era venuto a disturbare.

« "L'Osservatore romano" » assaporò l'arciprete, soddisfatto che un miscredente ne avesse bisogno. « Sì, mi arriva, lo leggo: ma in quanto a conservarlo... Conservo le riviste: la "Civiltà cattolica", "Vita e pensiero"; ma i giornali no... Il sagrestano va a prendere la posta, me la porta qui: io poi mi porto a casa le lettere private e i giornali. Dopo che li ho letti i giornali diventano, diciamo così, di domestico dominio: "L'Osservatore romano", "Il popolo"... Ecco, vede » tirando fuori dal mucchio della posta « L'Osservatore » « ora me lo porto a casa, subito dopo pranzo lo leggo e stasera stessa, è certo, le mie cognate o la cameriera se ne serviranno per involgere qualcosa o per accendere il forno. A meno che, si capisce, non ci sia un'enciclica, un discorso, un decreto di Sua Santità ».

« Si capisce ».

« Se questo numero, che è dell'altro ieri, le occorresse... » glielo porse piegato in otto com'era. « A me basterà scorrerlo ora, qui... Del resto sono in arretrato anche coi giornali, quest'ultima settimana per me è stata un inferno... ».

Laurana aveva aperto il giornale, si era incantato sulla testata. Eccolo qui l'UNICUIQUE, tale e quale quello che era affiorato dal rovescio della lettera. UNICUIQUE SUUM, a ciascuno il suo. Bei caratteri di stampa, la coda della q elegantemente falcata. Poi le chiavi incrociate e il triregno e, con gli stessi caratteri, NON PRAEVALEBUNT. A ciascuno il suo: e anche al farmacista Manno e al dottor Roscio. Quale parola c'era dietro l'UNICUIQUE che la stessa mano che aveva spento poi due vite aveva ritagliato e incollato sul foglio? La parola condanna? La parola morte? Peccato non poter più dare un'occhiata alla lettera, ormai chiusa nel segreto fascicolo giudiziario.

« Non faccia complimenti » diceva l'arciprete « se questo numero le serve, lo prenda ».

« Come?... Ah sì, grazie. Ma no, non mi serve ». Posò il giornale sul tavolo, si alzò. Era turbato, improvvisamente insofferente dell'odore di legno vecchio, di fiori sfatti, di cera che la sagrestia esalava. « Le sono tanto grato » disse porgendogli la mano, che l'arciprete strinse tra le sue con quell'amore dovuto agli smarriti. E infatti « A rivederci, ché spero verrà a trovarmi, qualche volta » salutò l'arciprete. « Con tanto piacere » rispose Laurana.

Uscì dalla sagrestia, attraversò la chiesa deserta. La piazza non dava un filo d'ombra, attraversandola considerò quanto si stesse bene in chiesa e in sagrestia; e la considerazione gli si mutò in ironica metafora: per il parroco di Sant'Anna, per l'arciprete. Ci stavano bene davvero, ciascuno a modo suo. O forse, stando a quel che diceva la gente, tutti e due allo stesso modo e diverse erano le apparenze. Divagava: per una specie di sottile, inconscio amor proprio, evitava il punto della delusione, della sconfitta. Ed era questo: anche ad accertare da quale numero dell'« Osservatore » era stato ritagliato l'UNICUIQUE appiccicato alla lettera, sarebbe stato impossibile sapere dove, dalla casa dell'arciprete, quel giornale era andato a finire. Perché, manco a pensarlo, l'arciprete, le cognate, il nipote, la cameriera non potevano entrarci per niente. Dall'uso che in quella casa si faceva del giornale, dopo che l'arciprete ne aveva corso le pagine, c'era da pensare a una minima percentuale di lettori che, come il cappellano di Sant'Anna, ne facesse raccolta: e che come involucro di un pacco fosse pervenuto all'autore della lettera (e dei delitti) quel numero, quel pezzo. Senza dire che nel capoluogo il giornale lo vendevano nelle edicole e chiunque, per preciso disegno o casualmente, avrebbe potuto comprarlo.

Tutto sommato, a non far caso all'UNICUIQUE la polizia si era comportata con buon senso. L'esperienza, non c'è che dire. Tempo perso mettersi a cercare un ago in un pagliaio, quando si sa che è un ago senza cruna, che non si può infilare alla sequela delle indagini. Lui, invece, era rimasto abbagliato da quel dettaglio. Un giornale che aveva due soli abbonati in tutto il paese: un indizio preciso, che apriva la strada dritta delle indagini. E invece metteva in un vicolo cieco.

Ma non è che la polizia, che si era avventata sul mozzicone di sigaro, stesse giocando una carta migliore. Di marca Branca, era stato accertato: e in paese li fumava soltanto il segretario comunale, persona al di sopra di ogni sospetto non solo, ma forestiero e da appena sei mesi residente nel paese. '"L'Osservatore" vale il sigaro Branca' si disse Laurana 'ma lascia correre la polizia dietro al sigaro e tu sull'"Osservatore" mettici una pietra sopra'. A casa però, mentre sua madre apparecchiava per il pranzo, annotò su un foglietto « Colui che compose la lettera ritagliando le parole dall'"Osservatore": *a*) acquistò il giornale nel capoluogo per un più di sottigliezza, nell'intento di aggiungere confusione all'indagine; *b*) si trovò fortuitamente sottomano quel giornale e non si rese nemmeno conto di quale giornale si trattasse; *c*) era talmente assuefatto a vedersi intorno quel giornale da considerarlo un giornale come un altro, senza riflettere sulle particolarità tipografiche e sulla limitata e quasi professionale diffusione ». Posò la penna, rilesse l'annotazione; poi minutamente lacerò il foglietto.

V

Paolo Laurana, professore d'italiano e latino nel liceo classico del capoluogo, era considerato dagli studenti un tipo curioso ma bravo e dai padri degli studenti un tipo bravo ma curioso. Il termine curioso, nel giudizio dei figli e in quello dei padri, voleva indicare una stranezza che non arrivava alla bizzarria: opaca, greve, quasi mortificata. Questa sua stranezza, comunque, rendeva ai ragazzi più leggero il peso della sua bravura; mentre impediva ai padri di trovare in lui il verso giusto per piegarlo non alla clemenza ma alla giustizia (poiché, inutile dirlo, ragazzi che meritino una bocciatura non ce ne sono più). Era gentile fino alla timidezza, fino alla balbuzie; quando gli facevano una raccomandazione pareva dovesse farne gran conto. Ma ormai si sapeva che la sua gentilezza nascondeva dura decisione, irremovibile giudizio; e che le raccomandazioni gli entravano da un orecchio per subito uscire dall'altro.

Per tutto l'anno scolastico la sua vita si svolgeva tra il capoluogo e il paese: partiva con la corriera delle sette, rientrava con quella delle due. Nel pomeriggio si dedicava alla lettura, allo studio; passava la sera al circolo o in farmacia; rincasava verso le otto. Non faceva lezioni private, nemmeno nell'estate, stagione in cui preferiva impegnarsi nei suoi lavori di critica letteraria che poi pubblicava in riviste che nessuno in paese leggeva.

Un uomo onesto, meticoloso, triste; non molto intelligente, e anzi con momenti di positiva ottusità; con scompensi e risentimenti che si conosceva e condannava; non privo di quella coscienza di sé, segreta presunzione e vanità, che gli veniva dall'ambiente della scuola in cui, per preparazione ed umanità, si sentiva ed era tanto diverso dai colleghi, e dall'isolamento in cui, come uomo, per così dire, di cultura, veniva a trovarsi. In politica, era da tutti considerato un comunista: ma non lo era. Per la sua vita privata era considerato una vittima dell'affetto esclusivo e geloso della madre: ed era vero. A quasi quarant'anni ancora dentro di sé andava svolgendo vicende di desiderio e d'amore con alunne e colleghe che non se ne accorgevano o se ne accorgevano appena: e bastava che una ragazza o una collega mostrasse di rispondere al suo vagheggiamento perché subito si gelasse. Il pensiero della madre, di quel che avrebbe detto, del giudizio che avrebbe dato sulla donna da lui scelta, della eventuale convivenza delle due donne, della possibile decisione di una delle due di non fare vita in comune, sempre interveniva a spegnere le effimere passioni, ad allontanare le donne che ne erano state oggetto come dopo una triste esperienza consumata e quindi con un senso di sollievo, di liberazione. Forse ad occhi chiusi avrebbe sposato la donna che sua madre gli avesse portato; ma per sua madre lui, ancora così ingenuo, così sprovveduto, così scoperto alla malizia del mondo e dei tempi, non era in età di fare un passo tanto pericoloso.

Con questo carattere, e nella condizione in cui viveva, non aveva amici. Molte conoscenze, ma nessuna amicizia. Col dottor Roscio, per esempio, aveva fatto il ginnasio, il liceo: ma non si può dire che fossero stati poi amici, quando si erano ritrovati in paese dopo gli anni dell'università. Si vedevano in farmacia e al circolo, chiacchieravano, ricordavano qualche episodio o qualche persona degli anni di scuola. Qualche volta lo chiamava in casa, per un malessere o una depressione della madre: Roscio veniva, visitava la vecchia signora, prescriveva qualcosa; poi si fermava a prendere il caffè, a ricordare quel professore o quel compagno di cui non aveva più saputo niente e chi sa cosa faceva, dove stava. Non si pagava mai la visita; ma ogni anno, a Natale, Laurana gli mandava in dono un bel libro, perché Roscio era di quelli che qualche libro lo leggono. Ma tra loro non c'era affetto, c'era soltanto una comunanza di ricordi e la possibilità di parlare di un fatto letterario o politico con una certa proprietà e senza sgradevoli discordanze; cosa che era impossibile con altri, in paese: quasi tutti fascisti, anche quelli che credevano di essere socialisti o comunisti. Perciò la morte di Roscio lo aveva particolarmente colpito, ne aveva sentito vuoto e pena, specialmente dopo che l'aveva visto morto. Veramente la morte gli aveva coperto il volto di pallido zolfo, una maschera di zolfo che lentamente si rapprendeva nell'aria sfatta e pesante dei fiori, dei ceri, del sudore. Roscio era stato appunto còlto come da una lenta pietrificazione, e sotto si indovinava il suo stupore angoscioso, il suo angoscioso sforzo di romperne la crosta. Al farmacista la morte aveva conferito invece quella dignità e gravità del pensiero che da vivo nessuno gli aveva mai sorpreso. Tant'è che ha le sue ironie anche la morte.

Questi elementi (la scomparsa di un uomo cui era legato da consuetudine più che da amicizia; l'avere incontrato per la prima volta, benché avesse già visto altri morti e altre forme di morte, la morte nella sua spaventosa oggettività; la porta chiusa della farmacia che pareva per sempre suggellata dalla striscia nera del lutto), questi elementi avevano creato in Laurana uno stato d'animo quasi desolato e con intermittenze ansiose che avvertiva anche fisicamente, in certe sospensioni e accelerazioni del cuore. Ma da questo stato d'animo si astraeva, o almeno credeva si astraesse, la sua curiosità riguardo alle ragioni e al modo del delitto: che era puramente intellettuale, e mossa da una specie di puntiglio. Era, insomma, un po' nella condizione di chi, in un salotto o in un circolo, sente enunciare uno di quei problemi a rompicapo che i cretini sono sempre pronti a proporre e, quel che è peggio, a risolvere; e sa che è un giuoco insulso, un perditempo: tra gente insulsa e che ha tempo da perdere: e tuttavia si sente impegnato a risolverlo, e vi si accanisce. Infatti l'idea che la soluzione del problema portasse, come si dice, ad assicurare i colpevoli alla giustizia, e quindi tout court alla giustizia, non gli balenava nemmeno. Era un uomo civile, sufficientemente intelligente, di buoni sentimenti, rispettoso della legge: ma ad aver coscienza di rubare il mestiere alla polizia, o comunque di concorrere al lavoro che la polizia faceva, avrebbe sentito tale repugnanza da lasciar perdere il problema.

Eccolo lì, comunque, quest'uomo riflessivo, timido, forse anche non coraggioso, a giuocare la sua pericolosa carta: al circolo, di sera, proprio quando non manca quasi nessuno. Si parla, come ogni sera, del delitto. E Laurana, di solito silenzioso, dice «La lettera era composta con parole ritagliate dall'"Osservatore romano"».

La discussione si spegne, succede un silenzio stupefatto.

«Senti senti» fa poi don Luigi Corvaia: e la sua meraviglia non è per l'indizio rivelato ma per la dabbenaggine di chi, rivelandolo, viene ad offrirsi al tiro dell'una e dell'altra parte, della polizia e degli assassini. Mai vista una cosa simile.

«Davvero?... Ma tu, scusa, come lo sai?» domanda l'avvocato Rosello, cugino della moglie di Roscio.

« L'ho notato mentre il maresciallo dettava la denuncia al farmacista: se ricordate, sono entrato in farmacia con loro ».

« E l'ha fatto notare al maresciallo? » domanda Pecorilla.

« Sì, gli ho detto che esaminasse bene la lettera... Mi ha risposto che l'avrebbe fatto ».

« E figuriamoci se non l'hanno fatto » disse don Luigi, un po' sollevato e un po' dispiaciuto che la rivelazione non fosse poi tanto, per Laurana, pericolosa.

« Strano che il maresciallo non mi abbia detto niente » disse Rosello.

« Forse era un indizio che portava a niente » disse l'ufficiale postale. E poi, illuminandosi in faccia, a Laurana « Allora è per questo che lei mi ha domandato...? ».

« No » tagliò Laurana. E intanto il colonnello Salvaggio, colonnello in pensione, sempre pronto a scattare appena imprecisioni, dubbi o critiche sfiorassero in qualche modo l'esercito, i carabinieri, la polizia, si era solennemente alzato e dirigendosi su Rosello diceva « Mi vuole spiegare perché il maresciallo avrebbe dovuto dirle qualcosa in merito a questo o ad altri indizi? ».

« Come parente di una delle vittime, per carità!, soltanto come parente » si affrettò a spiegare Rosello.

« Ah » fece soddisfatto il colonnello: aveva creduto che Rosello pretendeva il rapporto del maresciallo per un diritto che gli veniva dalle cariche politiche. Ma non del tutto soddisfatto, tornò all'attacco « Debbo però farle notare che nemmeno al parente di una delle vittime il maresciallo può rivelare quello che è un segreto delle indagini in corso. Non può e non deve: e se lo fa viene gravemente, dico gravemente, meno ad un suo essenziale dovere...».

«Lo so» disse Rosello «lo so... Ma così, per amicizia...».

«L'Arma non ha amici» gridò quasi il colonnello.

«Ma i marescialli sì» esplose Rosello.

«I marescialli sono l'Arma, i colonnelli sono l'Arma, gli appuntati sono l'Arma...» il colonnello sembrava delirare, la sua testa cominciò a tremare, foriera di una di quelle crisi che i soci del circolo conoscevano bene.

Rosello si alzò, fece segno a Laurana che aveva da parlargli, uscirono insieme.

«Vecchio pazzo» disse appena fuori del circolo. Poi «E com'è, questa storia dell'"Osservatore romano"?».

VI

Non era successo niente, dopo quella sua rivelazione al circolo. Non che si aspettasse qualcosa: voleva vederne l'effetto su ciascuno dei presenti, ma l'intervento del colonnello aveva mandato tutto a sfascio. Aveva solo ottenuto che Rosello gli facesse delle confidenze sull'andamento delle indagini. Il colonnello Salvaggio, a sentirle, ci sarebbe rimasto secco; in fondo però si riducevano a ben poco: sospetti, ancora, sul segreto eros del farmacista.

Anche senza l'effetto sperato, Laurana aveva il senso che tra i soci del circolo, e più ristrettamente tra coloro che erano stati abituali frequentatori della farmacia, ci fosse qualcosa da scoprire. E c'era un fatto preciso: di solito i cacciatori tengono segreto il nome del luogo in cui andranno nel giorno d'apertura della caccia, per trovarsi primi e soli su un vergine terreno venatorio. Questa era l'abitudine, nel paese. Il segreto restava stretto tra coloro che avrebbero partecipato alla battuta: e nel caso particolare, dunque, tra Manno e Roscio. Raramente veniva comunicato a terzi, e sempre sotto il suggello della segretezza. Spesso anzi capitava che si desse, volutamente, una falsa confidenza. Nessuno dunque, anche ad aver avuto da Manno o da Roscio la confidenza, poteva essere certo che non fosse, come si usava, una falsa indicazione. A meno che non si trattasse di un amico, di un grande amico, e non cacciatore per giunta: ad un amico serio, sicuro, provato e non intinto di passione per la caccia, probabilmente uno dei due avrebbe rivelato il nome della località dove sarebbero andati per l'apertura.

Accompagnando sua madre a far visita alla vedova del farmacista e a quella del dottore, Laurana ebbe modo di fare una piccola verifica. Fece all'una e all'altra la stessa domanda «Suo marito le aveva detto in quale contrada avevano deciso di fare l'apertura di caccia?».

«Proprio al momento di andarsene mi disse che forse andavano verso Cannatello» rispose la vedova Manno: e Laurana annotò nella mente quel forse, che gli pareva dicesse della reticenza del farmacista a rivelare il segreto anche alla moglie, e quando già era sulla partenza.

«E le aveva detto della lettera?».

«No, non mi aveva detto niente».

«Non voleva che lei si preoccupasse».

«Già» disse la vedova, duramente e con una inflessione ironica.

« E poi credeva fosse uno scherzo, e anche noi ».

« Uno scherzo » sospirò la vedova « uno scherzo che ha fatto perdere a lui la vita e a me la faccia ».

« A lui la vita eh sì, purtroppo... Ma lei, via: che c'entra lei? ».

« Che c'entro? E non ha sentito le cose vergognose che hanno messo in giro? ».

« Chiacchiere » disse la vecchia signora Laurana « chiacchiere che nessuno che abbia spirito di carità e buon senso può raccogliere ». E poiché nemmeno lei era eccessivamente dotata di spirito di carità « Ma non è che la buonanima di suo marito le avesse mai dato sospetto...? ».

« Mai, signora, mai... Hanno messo in bocca alla mia cameriera la storia di una scena di gelosia che io avrei fatto a mio marito, a causa di quella... Di quella ragazza, insomma, che poveretta andava in farmacia per il suo bisogno... E la mia cameriera lei vedesse quant'è stupida, quant'è ignorante: una che trema solo a sentir parlare di carabinieri... Le hanno fatto dire quel che volevano... E quelli là, i Roscio, i Rosello... Anche quel sant'uomo dell'arciprete, anche lui... Quelli là subito si sono messi a dire che il dottore, sia pace anche all'anima sua, è morto per causa dei vizi di mio marito. Come se qui non ci conoscessimo tutti, come se qui non si sapesse di ognuno quello che è, quello che fa: se specula, se ruba, se... » si mise una mano sulla bocca, a chiudervi altre più brucianti considerazioni. Poi con calcolata malignità sospirò « Quel povero dottore Roscio, in quale famiglia era andato ad infilarsi! ».

« Ma non mi pare... » cominciò Laurana.

« Ci conosciamo tutti, mi creda » lo interruppe la Manno. « Lei, si sa, è un uomo che si occupa soltanto dei suoi studi, dei suoi libri... » quasi con disprezzo. « Non ha tempo per occuparsi di certe cose, per vedere certe cose: ma noi » si rivolse per intesa alla vecchia signora Laurana « noi sappiamo... ».

« Sì, sappiamo » ammise la vecchia.

« E poi io sono stata compagna di collegio di Luisa, la moglie di Roscio... Un tipo! ».

Quel tipo, a carico del quale la vedova Manno aveva evocato ricordi di piccole malizie da collegiali e l'ombra di una monaca che l'adorava, Laurana l'aveva ora di fronte, nella luce smorzata da pesanti tende, quale si addice a una casa in lutto. E dovunque i segni del lutto erano sparsi: persino gli specchi erano velati di nero, ma più diceva del lutto il ritratto di Roscio, ingrandito a proporzioni naturali da un fotografo del capoluogo, così lugubremente ritoccato e alluttato nel vestito e nella cravatta (poiché nel concetto sociale ed estetico del fotografo tutti i morti di cui faceva l'ingrandimento erano, per la loro stessa morte, tenuti al rigore del lutto), così forzato a una piega amara nella bocca e ad uno sguardo stanco e implorante, che alla luce della piccola lampada che aveva davanti sembrava un guitto truccato per una parte di fantasma.

« No, non me lo diceva mai » aveva risposto Luisa Roscio alla domanda se sapeva dove suo marito sarebbe andato a caccia. « Perché io, per la verità, la sua passione per la caccia non la vedevo di buon occhio; e nemmeno mi piaceva il compagno che si era scelto... Non che sapessi niente, per carità!: era forse un presentimento, una di quelle impressioni... E la malasorte, purtroppo, mi ha dato ragione » e con un sospiro di sofferenza, quasi un gemito, si portò il fazzoletto agli occhi.

« È stato il destino. E che si può fare contro il destino? » confortò la vecchia signora Laurana.

« Eh sì, il destino... Ma che vuole? Quando penso a come eravamo tranquilli, felici, senza la minima preoccupazione, senza la minima ombra... E allora, il Signore mi perdoni, mi sento disperata, disperata... ». Arrovesciò la testa in un silenzioso scoppio di pianto.

« No no no » dolcemente disapprovò la vecchia « la disperazione no: lei deve rimettersi alla volontà di Dio, offrire a Dio la sua pena... ».

« Al Cuore di Gesù: me lo dice anche lo zio arciprete... Vede che bella immagine del Cuore di Gesù mi ha portato? ». Indicò il quadro alle spalle della vecchia, la vecchia si voltò, spostò la sedia quasi avesse fino a quel momento commesso una sconvenienza, mandò un bacio all'immagine dicendo « Sacro Cuore di Gesù » come un saluto. Poi « Bello, bello davvero: e che sguardo che ha! ».

« Uno sguardo che conforta » ammise la signora Luisa.

« Vede, dunque, che il conforto del Signore non le manca? » disse la vecchia con tono di soave trionfo. « E poi altre ragioni di conforto,

di speranza, non le mancano e non le manche-
ranno: c'è la bambina, lei deve pensare anche
alla bambina... ».

« Ci penso. Se non ci pensassi, mi creda, non
so che pazzia farei ».

« E la bambina » esitando « ha saputo? ».

« Non sa niente, povera anima, non sa niente:
le abbiamo detto che papà è partito per un
viaggio, che tornerà... ».

« Ma vedendo lei vestita di nero non chiede
perché, non vuole sapere? ».

« Niente. Mi ha detto anzi che sono più bella
vestita di nero, che è meglio mi vesta sempre
così... ». Con la destra si portò alla faccia il fazzoletto, bianco listato di nero, scoppiandovi
dentro in un pianto quasi dirotto; con la sinistra
si tirò giù l'orlo della gonna che subito, sotto
l'occhio di Laurana, risalì sopra il ginocchio. E
singultando « E davvero così sarà, sempre: sempre vestita di nero, sempre... ».

'Ha ragione la bambina', pensò Laurana. Bella donna, e il nero le stava a meraviglia. Bel
corpo: pieno, slanciato, con un che di indolente,
di abbandonato, di disteso anche quando più si
irrigidiva. E il volto pieno, ma di una pienezza
non di donna che ha già superato il sesto lustro,
d'adolescente piuttosto, splendeva degli occhi
castani, quasi dorati, e del lampo dei denti perfetti tra le labbra grosse. 'Mi piacerebbe vederla
sorridere': ma disperò si potesse verificare un
tal miracolo, in quella circostanza, con quei discorsi cui sua madre dava filo. E invece si verifi-
cò quando si venne a parlare del farmacista, e
delle distrazioni che ormai tutti gli attribuivano.

« Non dico che non avesse le sue ragioni: la povera Teresa Spanò non è mai stata una bellezza. Siamo state compagne di collegio, era così anche allora, forse anche più brutta ». Sorrise, poi di nuovo si incupì dicendo « Ma mio marito che c'entrava? » e sciolse nel fazzoletto un nuovo groppo di pianto.

VII

Che un delitto si offra agli inquirenti come un quadro i cui elementi materiali e, per così dire, stilistici consentano, se sottilmente reperiti e analizzati, una sicura attribuzione, è corollario di tutti quei romanzi polizieschi cui buona parte dell'umanità si abbevera. Nella realtà le cose stanno però diversamente: e i coefficienti dell'impunità e dell'errore sono alti non perché (o non soltanto, o non sempre) è basso l'intelletto degli inquirenti, ma perché gli elementi che un delitto offre sono di solito assolutamente insufficienti. Un delitto, diciamo, commesso o organizzato da gente che ha tutta la buona volontà di contribuire a tenere alto il coefficiente di impunità.

Gli elementi che portano a risolvere i delitti che si presentano con carattere di mistero o di gratuità sono la *confidenza* diciamo professiona-

le, la delazione anonima, il caso. E un po', soltanto un po', l'acutezza degli inquirenti.

Il caso, per il professor Laurana, scattò a Palermo, in settembre. Si trovava già da qualche
giorno in quella città, commissario d'esami in
un liceo; e nel ristorante che usava frequentare
incontrò un compagno di scuola che da tanto
tempo non vedeva ma di cui alla lontana aveva
seguito l'ascesa politica. Comunista: segretario
di sezione in un piccolo paese delle Madonie,
poi deputato regionale, poi deputato nazionale.
Ricordarono, naturalmente, il loro tempo di
studenti; e quando affiorò il povero Roscio « Mi
ha fatto tanta impressione, la notizia della sua
morte » disse l'onorevole « perché era venuto a
trovarmi proprio quindici o venti giorni prima.
Non lo vedevo da almeno dieci anni. È venuto a
trovarmi a Roma, alla Camera. L'ho riconosciuto subito, non era cambiato... Noi forse sì, un
poco... Io, poi, ho avuto il pensiero che la sua
morte fosse da collegarsi a quella sua venuta a
Roma, da me: ma ho visto che le indagini hanno
accertato che è morto, invece, solo perché si era
trovato in compagnia di un tale che aveva sedotto una ragazza, non so... E sai perché era venuto
da me? Per domandarmi se ero disposto a denunciare alla Camera, sui nostri giornali, nei
comizi, un notabile del vostro paese, uno che
aveva in mano tutta la provincia, che faceva e
disfaceva, che rubava, corrompeva, intrallazza-
va... ».

« Uno del paese? Davvero? ».

« Pensandoci bene, non credo che mi abbia
detto esplicitamente che si trattava di uno del

paese: forse me l'ha lasciato intendere, forse mi sono fatta questa impressione...».

«Un notabile, uno che tiene in mano la provincia?».

«Sì, questo lo ricordo bene: ha detto proprio così... Io, naturalmente, gli ho risposto che sarei stato più che lieto di denunciare, di lanciare lo scandalo: ma avevo bisogno, si capisce, di qualche documento, di qualche prova... Mi ha detto che disponeva di tutto un dossier, che me l'avrebbe portato... E non si è fatto più vivo».

«Naturalmente».

«Già, naturalmente: visto che vivo non era più».

«Non volevo dire una battuta: pensavo che il tuo sospetto, di un rapporto tra il suo viaggio a Roma e la morte... Mi ricordo che per un paio di giorni non si è visto: poi ha detto che era stato a Palermo, da suo padre... Ma mi pare quasi impossibile: Roscio che vuole denunciare qualcuno, che dispone di un dossier... Ma sei proprio sicuro che fosse Roscio?».

«Perdio» disse l'onorevole «ma se ti dico che l'ho riconosciuto subito, che non era per niente cambiato...».

«È vero, non era cambiato... Ma non ti ha fatto il nome, della persona che voleva denunciare?».

«No, assolutamente».

«Nemmeno ti ha dato qualche vaga indicazione, qualche dettaglio?».

«Niente. Anzi, io ho insistito per sapere qualche cosa di più: e mi ha risposto che era una cosa talmente delicata, talmente personale...».

« Personale? ».

« Sì, personale... E mi avrebbe detto o tutto, con i documenti in mano, o niente... E ti confesso che quando gli ho sentito dire che ancora aveva da decidere se dirmi tutto o niente mi sono sentito un po' a disagio... Ho avuto l'impressione che quei documenti, e quel suo venire da me, fossero in funzione di una specie di ricatto: se la cosa fosse andata bene, niente; e se fosse andata male, di nuovo da me, col dossier... ».

« No, non era un uomo da far ricatti: assolutamente ».

« E tu come lo interpreti, un atteggiamento simile? ».

« Non so: è una cosa strana, quasi inverosimile ».

« Ma anche questo, scusami: che tu non riesci a concepire che volesse colpire qualcuno, né a capire chi e per quale ragione; e gli stavi vicino, e lo conoscevi bene... E non ti pare che ci sia qualcosa di equivoco? ».

« Non gli stavo poi tanto vicino. E aveva un carattere chiuso, non arrivava mai alla confidenza: perciò non toccavamo mai di cose private, intime; parlavamo di libri, di politica... ».

« E di politica lui che pensava? ».

« Pensava che il far politica senza tener conto dei princìpi morali... ».

« Qualunquismo » sibilò l'onorevole.

« In questo senso, anch'io sono un po' qualunquista ».

« Davvero? ».

« Questo non mi impedisce di votare per il Partito comunista ».

« Bene bene » approvò l'onorevole.

« Ma con molto disagio, con molta inquietudine ».

« E perché? » domandò l'onorevole con sguardo divertito e indulgente, che prometteva l'immediata demolizione di qualsiasi ragione Laurana stesse per avanzare.

« Lasciamo perdere: non riusciresti a convincermi a votare contro ».

« Contro che? ».

« Contro il Partito comunista ».

« Questa è buona » disse l'onorevole, ridendo.

« Non tanto » disse, serio, Laurana; e riprese il discorso su Roscio, che forse votava comunista anche lui, benché accuratamente evitasse di dichiararlo « Per rispetto ai suoi parenti, cioè ai parenti della moglie: tutti attivi nella politica, con l'arciprete in testa... ».

« L'arciprete? ».

« Sì, l'arciprete Rosello; zio della moglie... Perciò Roscio, per rispetto o forse per evitare contrasti familiari, evitava di prendere precise posizioni. Debbo dire, anzi, che in questi ultimi tempi era diventato più duro, più acre, nei giudizi su uomini e cose della politica. Della politica governativa, diciamo ».

« Gli avranno forse soffiato via qualche prebenda, qualche incarico... ».

« Non credo... Vedi, era diverso di come tu, ormai, puoi immaginarlo... Amava il suo mestiere; amava il paese, le serate al circolo o in farmacia, la caccia, i cani; ritengo amasse moltissimo la moglie, e adorava la bambina...».

«E che vuol dire? Poteva anche amare il denaro, avere qualche ambizione...».

«Denaro ne aveva. E non aveva ambizioni. E poi per uno che ha scelto di stare in un paese, che è deciso a non allontanarsene, che ambizioni vuoi che restino?».

«Una specie di medico di paese d'altri tempi, insomma: quello che viveva del suo, non si pagava le visite e anzi lasciava agli ammalati poveri i soldi per le medicine...».

«Qualcosa di simile. Però guadagnava bene, aveva fama di buon medico anche nei paesi vicini, veniva tanta gente a farsi visitare da lui. E poi c'era il nome: Roscio, il vecchio professore Roscio... A proposito: credo che andrò a fargli una visita».

«Ma insomma: tu pensi che veramente la morte di Roscio possa collegarsi alla sua presa di posizione contro l'ignoto notabile?».

«No, questo no. Tutte le apparenze sono anzi contro questo sospetto. Roscio è morto perché incautamente (dico incautamente perché sapeva della minaccia) si è accompagnato al farmacista Manno: queste sono le apparenze».

«Povero Roscio» disse l'onorevole.

VIII

Il vecchio professore Roscio, la cui fama di oculista ancora durava nella Sicilia occidentale e anzi già volgeva nel mito, da circa vent'anni aveva lasciato la cattedra e la professione. Più che novantenne, per ironia della sorte o perché meglio si inverasse nel mito di uomo che aveva sfidato la natura ridando ai ciechi la vista e dalla natura nella vista era stato colpito, era afflitto da una quasi totale cecità: e stava a Palermo, in casa di un figlio che, come oculista, probabilmente era altrettanto valente, ma viveva sulla rendita del nome paterno nel pregiudizio dei più.

Laurana annunciò per telefono la sua visita: per il giorno e l'ora che più facesse comodo al professore. Il professore, cui la cameriera era andata a riferire, venne al telefono: rispose che venisse subito. Non che, dai contrassegni che gli diede Laurana, fosse riuscito a ricordarsi di quel vecchio compagno del figlio: ma era avidissimo di compagnia, nella oscura solitudine in cui ormai viveva.

Erano le cinque del pomeriggio. Il professore stava in terrazza, seduto in poltrona, un giradischi a lato da cui veniva ora stentorea ora tremula e sospirata la voce di un attore famoso che declamava il trentesimo dell'*Inferno*.

« Vede come sono ridotto? » disse il professore porgendogli la mano « A sentire da costui la *Divina Commedia* » quasi che l'attore fosse presente e che il professore avesse altre e più personali ragioni di disprezzarlo. « Preferirei me la leggesse mio nipote, che ha dodici anni, o la cameriera, o il portiere: ma hanno altro da fare ».

Oltre il parapetto della terrazza, sotto i veli di scirocco, Palermo splendeva. « Bella vista » disse il professore; e con sicurezza indicò « San Giovanni degli Eremiti, palazzo d'Orleans, palazzo reale ». Sorrise. « Quando siamo venuti ad abitare in questa casa, dieci anni fa, vedevo un po' di più. Ora vedo soltanto la luce, ma come una lontana fiamma bianca. Per fortuna a Palermo ce n'è tanta, di luce... Ma lasciamo stare le nostre personali sventure... Lei, dunque, è stato compagno del povero figlio mio ».

« Al ginnasio, al liceo: poi lui è entrato in medicina, io in lettere ».

« In lettere. E fa il professore, no? ».

« Sì, di latino e storia ».

« Ma sa che io rimpiango di non aver fatto il professore di lettere? A quest'ora, almeno, saprei a memoria la *Divina Commedia* ».

'È una fissazione', pensò Laurana. « Ma lei, nella vita, ha fatto ben altro che leggere e spiegare la *Divina Commedia* » disse.

« Crede che quello che ho fatto io abbia più senso di quello che fa lei? ».

« No. Voglio dire che quello che faccio io possono farlo migliaia di altre persone; mentre quello che ha fatto lei possono farlo pochissime, dieci o venti persone nel mondo ».

« Storie » disse il vecchio: e sembrò assopirsi. Poi improvvisamente domandò « E mio figlio, in questi ultimi tempi, com'era? ».

« Com'era? ».

« Dico: mostrava preoccupazione, inquietudine, nervosismo? ».

« Non mi pareva. Ma ieri, parlando con una persona che l'aveva incontrato a Roma, mi sono ricordato che in questi ultimi tempi veramente era un po' diverso, almeno in certe cose. Ma come mai lei mi fa questa domanda? ».

« Perché pareva un po' diverso anche a me... Ma ha detto che una persona l'aveva incontrato a Roma? ».

« Sì, a Roma: quindici o venti giorni prima che accadesse la disgrazia ».

« Strano... Ma per caso non si sbaglia, questa persona? ».

« Non si sbaglia. È un amico, un compagno di scuola. È deputato, comunista. Suo figlio è andato a Roma proprio per incontrarlo ».

« Per incontrarlo? Strano, davvero strano... Non credo avesse da chiedergli un favore: benché i comunisti siano anch'essi, in un certo modo, al potere, è sempre più facile ottenere favori da questi altri » e puntò la mano verso palazzo d'Orleans, sede del governo regionale. « E questi altri mio figlio li aveva persino in casa; e piuttosto potenti, a quanto mi dicono ».

« Non era precisamente un favore, che aveva da chiedergli. Voleva che il nostro amico, alla Camera, denunciasse gli abusi e i furti di un notabile ».

« Mio figlio? » si stupì il vecchio.

« Sì: e ne sono meravigliato anche io ».

« Certo è che era cambiato » considerò il vecchio, come tra sé. « Era cambiato: e non so precisamente da quando, non riesco a ricordare quand'è che per la prima volta ho avvertito in lui una certa stanchezza, un certo disamore; ed anche una durezza di giudizio che mi ha fatto pensare a sua madre... Mia moglie veniva da una famiglia di gabellotti, gente che tra il ventisei e il trenta ebbe il suo da fare, a districarsi dalla rete che Mori le aveva gettato sopra... E no, non amava il prossimo suo, mia moglie... Ma forse è più giusto dire che non capiva: e nessuno l'aveva mai portata al grado di capire, e io meno di ogni altro... Ma di che stavamo parlando? ».

« Di suo figlio ».

« Sì, di mio figlio... Era intelligente: ma di una intelligenza quieta, lenta. Ed era molto onesto... Forse dalla parte di mia moglie aveva preso un grande attaccamento alla terra, alla campagna. Soltanto questo: ché suo nonno, il padre di mia moglie, in campagna ci stava come un selvaggio, e anche mia moglie; e mio figlio invece con molta letteratura, credo... Era un ragazzo, un uomo, di quelli che si dicono semplici: e invece sono maledettamente complicati... Perciò non mi è piaciuto che fosse andato a infilarsi in una famiglia di cattolici, col suo matrimonio... Dico cattolici per modo di dire, mai conosciuto in vita mia, qui, un cattolico vero: e sto per compiere novantadue anni... C'è gente che in vita sua ha mangiato magari una mezza salma di grano maiorchino fatto ad ostie: ed è sempre pronta a mettere la mano nella tasca degli altri, a tirare un calcio alla faccia di un moribondo e un colpo a lupara alle reni di uno in buona salute... Lei conosce mia nuora, i suoi parenti? ».

« Non intimamente ».

« Io per niente. Ho incontrato mia nuora poche volte; e una sola volta quel suo zio canonico o arciprete o che diavolo è ».

« Arciprete ».

« Un uomo dolcissimo. Voleva convertirmi. Per fortuna era di passaggio, se no sarebbe finita che mi avrebbe portato di sorpresa il Santissimo... Non ha capito per niente che io sono un uomo religioso... Ma mia nuora è molto bella, no? ».

« Molto bella ».

« O forse molto donna, di quelle che quando io ero giovane si dicevano da letto » con distacco da intenditore, quasi non parlasse della moglie di suo figlio, ora morto, e muovendo le mani a disegnarne il corpo disteso. « Credo che questa espressione ora non si usi più, la donna è caduta dal mistero dell'alcova e da quello dell'anima. E sa che penso? Che la Chiesa cattolica stia registrando oggi il suo più grande trionfo: l'uomo odia finalmente la donna. Non c'era riuscita nemmeno nei secoli più grevi, più oscuri. C'è riuscita oggi. E forse un teologo direbbe che è stata un'astuzia della Provvidenza: l'uomo credeva, anche in fatto di erotismo, di correre sulla via maestra della libertà; e invece è finito in fondo all'antico sacco ».

« Sì, forse... Benché mi pare che mai come oggi, nel mondo diciamo cristiano, il corpo della donna sia stato così esaltato, così esposto; e la stessa funzione di richiamo, di fascino, che la pubblicità commerciale assegna alla donna... ».

« Lei ha detto una parola che contiene, in definitiva, l'essenza della questione: esposto, il corpo della donna è esposto. Esposto come un tempo restavano esposti gli impiccati... Giustizia è stata fatta, insomma... Ma sto parlando troppo, è meglio che mi riposi un poco ».

Laurana l'intese come un congedo, si alzò di scatto. « Non si muova » disse il vecchio, allarmato che gli fuggisse via così presto la rara occasione di conversare. Di nuovo sembrò assopirsi, scivolare nel sonno col suo bel profilo di medaglia, così come generazioni di studenti l'avrebbero poi visto in un bassorilievo di bronzo nell'atrio dell'università, e sotto il bassorilievo una di quelle iscrizioni di cui, se mai vi fanno attenzione, ridono. 'Scivolerà così nella morte', pensò Laurana: e stette a fissarlo con una certa ansietà, finché il vecchio, sempre immobile, come continuando a svolgere il pensiero in cui si era chiuso, disse « Certe cose, certi fatti, è meglio lasciarli nell'oscurità in cui stanno... Proverbio, regola: il morto è morto, diamo aiuto al vivo. Se lei dice questo proverbio a uno del Nord, gli fa immaginare la scena di un incidente in cui c'è un morto e c'è un ferito: ed è ragionevole lasciare lì il morto e preoccuparsi di salvare il ferito. Un siciliano vede invece il morto ammazzato e l'assassino: e il vivo da aiutare è appunto l'assassino. Che cosa è poi un morto, per un siciliano, forse l'ha capito quel Lawrence che ha contribuito a cacciare l'eros nel cul di sacco: un morto è una ridicola anima del purgatorio, un piccolo verme dai tratti umani che saltella su mattoni roventi... Ma si capisce che quando il morto è del nostro sangue, bisogna far di tutto perché il vivo, cioè l'assassino, vada presto a raggiungerlo tra le fiamme del purgatorio... Io non sono siciliano fino a questo punto: non ho mai avuto inclinazione ad aiutare i vivi, cioè gli assassini, e ho sempre pensato che le carceri siano un più concreto purgatorio... Ma c'è qualcosa, nella fine di mio figlio, che mi fa pensare ai vivi, che mi dà una certa preoccupazione per i vivi... ».

« I vivi che sono gli assassini? ».

« No, non a quei vivi che direttamente, materialmente l'hanno ucciso. Ai vivi che l'hanno disamorato, che l'hanno portato a vedere certe cose della vita, a farne certe altre... Ad un'età come la mia, uno che ha la ventura di arrivarci è disposto a credere che la morte è un atto di volontà; un piccolo atto di volontà, nel mio caso: a un certo punto sarò stufo di sentire la voce di costui » indicò il giradischi « e il rumore della città, la cameriera che da sei mesi canta di una lacrima sul viso e mia nuora che da dieci anni, ogni mattina, si informa della mia salute con la speranza appena velata di apprendere che sono finalmente all'amen: e deciderò di morire, così come uno chiude il telefono quando dall'altra parte c'è un seccatore o un cretino... Ma voglio dire questo: che ci può essere in un uomo una esperienza, una pena, un pensiero, uno stato d'animo per cui la morte, infine, è soltanto una formalità. E allora, se responsabili ci sono, bisogna cercarli tra i più vicini: e nel caso di mio figlio si potrebbe cominciare da me, ché un padre è sempre colpevole, sempre ». Gli occhi spenti sembravano perdersi nella lontananza del passato, dei ricordi. « Come vede, sono anch'io uno dei vivi che bisogna aiutare ».

Laurana sospettò ci fosse nel discorso una specie di doppio fondo; o soltanto un'oscura, dolorosa intuizione. Domandò « Lei sta pensando a qualcosa di preciso? ».

« Oh no, niente di preciso. Penso ai vivi, glie-l'ho detto. E lei? ».

« Non so » disse Laurana.

Cadde tra loro il silenzio. Laurana si alzò per congedarsi. Il vecchio gli porse la mano, disse « È un problema » e forse si riferiva al delitto, forse alla vita.

IX

Tornò in paese alla fine di settembre. E non c'era niente di nuovo, come subito gli comunicò l'avvocato Rosello: al circolo, tirandoselo in disparte che non sentisse il terribile colonnello. Ma era Laurana che aveva da raccontare novità a Rosello: l'incontro col deputato, la storia di quei documenti che Roscio aveva promesso all'uomo politico a patto che suscitasse scandalo.

Rosello ne fu stupito. Ascoltò il racconto dicendo continuamente « Ma guarda! » e poi cominciò ad arrovellarcisi sopra facendo domande e tentando di ricordare un segno, una parola di Roscio cui quell'incredibile storia potesse in qualche modo agganciarsi.

« Io credevo che tu ne sapessi qualcosa » disse Laurana.

« Qualcosa? Ma io sto restando a bocca aperta ».

« Forse una spiegazione si può trovare nel

fatto che stesse per attaccare uno del tuo partito: e voleva evitare che tu ti mettessi di mezzo a
convincerlo di desistere. Era testardo, ma aveva
lati di estrema docilità. Se tu avessi saputo, sare-
sti intervenuto a premere, a rappacificare: non
potevi certo restare indifferente di fronte ad
una minaccia contro un uomo del tuo partito e
conseguentemente contro il partito stesso... ».

« Quando si tratta della famiglia, di uno della
famiglia, non c'è partito che tenga. Se si fosse
rivolto a me, avrebbe avuto tutta la soddisfazione che voleva ».

« Ma forse appunto questo non voleva: che tu
compromettessi la tua posizione nel partito per
una questione che riguardava lui. Disse difatti
che si trattava di una cosa delicata e personale ».

« Delicata e personale... Ma sei sicuro che non
abbia fatto nomi, che non abbia dato qualche
indicazione che possa portare ad individuare,
approssimativamente magari, questo notabile? ».

« Niente ».

« Sai che faccio? Telefono a mia cugina: e poi
insieme andiamo da lei. Qualcosa a sua moglie
deve averla detta... Vieni ».

Andarono al telefono, Rosello parlò alla cugina: che c'era il professore Laurana che aveva
appreso certe cose, cose incomprensibili, cose
che forse solo lei era capace di spiegare; e se
non la disturbassero a salire un momento da lei,
ad un'ora forse inopportuna.

« Andiamo » disse Rosello posando il telefono.

La signora si teneva la mano sul cuore, per l'ansia di sapere le cose che il professore aveva da raccontare. Si stupì del viaggio a Roma del marito, guardando il cugino disse « Ci sarà andato quando disse che andava a Palermo, due o tre settimane prima della disgrazia » ma riguardo al resto non aveva niente da dire. Sì, forse negli ultimi tempi suo marito era un po' preoccupato, parlava poco, frequentemente soffriva di emicranie.

« Anche suo padre, il vecchio professore Roscio, mi ha detto che negli ultimi tempi il figlio gli pareva diverso ».

« Lei ha visto mio suocero? ».

« Quel vecchio tremendo » disse Rosello.

« Sì, sono andato a fargli visita... Ha i suoi ghiribizzi, ma è lucido, direi spietato... ».

« Un uomo senza fede » disse la signora. « E come può essere un uomo senza fede? ».

« Intellettualmente spietato, volevo dire... In quanto alla fede, credo ne abbia ».

« Non ne ha » disse Rosello. « È un ateo di quelli ferrigni, che non crollano nemmeno in punto di morte ».

« Nemmeno credo che sia un ateo » disse Laurana.

« È un anticlericale » disse la signora. « Una volta siamo andati a fargli visita insieme allo zio arciprete; io, mio marito e lo zio... Quello che ha detto! Mi venivano i brividi, mi creda » e incrociò le mani a stringersi le belle braccia nude, come se ancora i brividi l'assalissero.

« E che ha detto? ».

« Cose che non posso ripetere, cose che in vita

mia non avevo mai sentito... E il povero zio arciprete che si teneva in mano il suo piccolo crocifisso d'argento e gli parlava di misericordia, di amore...».

«Mi ha detto, infatti, che l'arciprete è un uomo dolcissimo».

«Lo può dire davvero» disse la signora.

«Lo zio arciprete è un santo» incalzò Rosello.

«No, questo non si può dire, non si deve dire. I santi» precisò la signora «non possiamo farli noi... Lo zio arciprete, questo sì che si può dire, ha un'abbondanza di cuore che fa pensare alla santità».

«Suo marito» disse Laurana «fisicamente somigliava molto al padre; e un po' anche nel modo di pensare».

«A quel vecchio dannato? Ma per carità!... Mio marito aveva un grande rispetto per lo zio arciprete, per la Chiesa. Mi accompagnava a messa ogni domenica. Osservava il venerdì. E mai che gli venisse una parola di irrisione, di dubbio, per le cose della religione... E io, per quanto gli volessi bene, crede che l'avrei sposato se avessi avuto il sospetto, anche il solo sospetto, che la pensava come suo padre?».

«In verità» disse Rosello «era un uomo difficile da capire. Come la pensasse in fatto di religione, di politica, credo che nemmeno tu, sua moglie, possa dirlo con certezza...».

«Certo è che era rispettoso» ripiegò la signora.

«Questo sì: rispettoso... Ma da quello che ci ha detto ora Laurana, è chiaro che era un tipo

76

chiuso, che non confidava nemmeno a te i pensieri e i disegni che aveva in mente ».

« Questo è vero » sospirò la signora. E a Laurana « Ma a suo padre, non ha detto niente nemmeno a suo padre? ».

« Niente ».

« E al deputato ha detto che si trattava di cosa delicata e personale? ».

« Sì ».

« E gli ha promesso dei documenti? ».

« Tutto un dossier ».

« Senti » propose Rosello alla cugina « non possiamo dare un'occhiata ai suoi cassetti, alle sue carte? ».

« Io vorrei che tutto restasse come lui l'ha lasciato, non avrei animo di metterci mano ».

« Ma si tratta di toglierci un pensiero, un'inquietudine... E poi, che so?, se qualcuno gli aveva fatto un torto, io, per rispetto alla sua memoria, per l'affetto che avevo per lui, posso anche continuare, andare a fondo... ».

« Hai ragione » disse la signora, e si alzò. Alta, il busto erompente, le braccia nude fino al folto ciuffo delle ascelle, alata di un profumo in cui un naso più esperto (e una natura meno ardente) avrebbe distinto il Balenciaga dal sudore, per un momento sovrastò il professore come la Vittoria di Samotracia chi sale le scale del Louvre.

Li guidò nello studio, una stanza un po' cupa o che così pareva per la luce che, cadendo sulla scrivania, lasciava in ombra gli scaffali severi, fitti di libri. Sulla scrivania era un libro aperto. « Lo stava leggendo » disse la signora. Tenendovi due dita in mezzo, a segnale, Rosello lo chiuse, lesse il titolo «*Lettere alla signora Z...* Che roba è?» domandò a Laurana.

«Molto interessante, di un polacco».

«Leggeva tanto» disse la signora.

Con più delicatezza di quanta ne aveva usata a prenderlo, Rosello ripose il libro aperto sulla scrivania. «Vediamo prima i cassetti» disse. E aprì il primo.

Laurana si chinò sul libro aperto, gli saltò all'occhio una frase «*Solo l'atto che tocca l'ordinamento di un sistema pone l'uomo nella cruda luce delle leggi*» e allargando la visione della pagina, quasi aprendo un diaframma e non scorrendo le righe, riconobbe il luogo del discorso, il contesto: dove lo scrittore parla di Camus, dello *Straniero*. 'L'ordinamento di un sistema! E dov'è qui il sistema? C'è mai stato, ci sarà mai? Essere stranieri, nella verità o nella colpa, e insieme nella verità e nella colpa, è un lusso che ci si può permettere quando c'è l'ordinamento di un sistema. A meno che non si voglia considerare sistema quello in cui il povero Roscio è scomparso. E allora l'uomo è più straniero nella parte del boia che in quella del condannato; più nella verità se manovra la ghigliottina, e meno se ci sta sotto'.

Aveva messo mano alla ricerca anche la signora: stava accosciata davanti al cassetto più basso della scrivania, inscritta nel reticolo che luce ed ombra giuocavano: nuda, il volto misteriosamente sommersa dalla scura massa dei capelli. I pensieri di Laurana si dissolsero nel buio sole del desiderio.

La signora chiuse il cassetto, si alzò leggera, come in uno scatto di danza. « Niente » disse, ma senza disappunto, quasi avesse fatto quella ricerca soltanto per contentare il cugino. E « Niente » disse pure Rosello, con lo stesso tono, rimettendo in sesto l'ultimo fascicolo di carte.

« Poteva anche avere una cassetta in banca, non so » disse Laurana.

« Ci stavo pensando anche io » disse Rosello « e domani cercherò di sapere qualcosa ».

« Impossibile: lui sapeva che qui nessuno toccava le sue cose, i suoi libri e le sue carte; nemmeno io... Era piuttosto meticoloso » disse la signora, con una inflessione che lasciava intendere che lei meticolosa non era.

« Certo che un mistero sotto c'è » disse Rosello.

« Ma tu credi che questa storia del deputato comunista, dei documenti, abbia a che fare con la sua morte? » gli domandò la cugina.

« Nemmeno per sogno ». E rivolgendosi a Laurana « Tu che ne dici? ».

« E chi può dirlo? ».

« Oh » fece la signora, quasi un grido. « Dunque lei pensa...? ».

« No, non lo penso... È che arrivati a questo punto, con la polizia che è andata a sbattere nel vicolo cieco delle inesistenti avventure galanti del farmacista, tutte le ipotesi sono buone ».

« E la lettera? La lettera di minaccia che il farmacista ha ricevuto: dove la metti la lettera? » domandò Rosello.

« Già: e la lettera? » incalzò la signora.

« La metto » disse Laurana « in conto dell'astuzia degli assassini: il farmacista come falso bersaglio, come uomo dello schermo... ».

« Lo crede davvero? » domandò la signora: con stupore, con ansietà.

« No, non lo credo ».

La signora sembrò sollevata. 'Si è attaccata all'idea che suo marito è morto per causa del farmacista, e ogni altra ipotesi crede ne offuschi la memoria, il culto', pensò Laurana. E si rimproverò di averla inquietata con quella sua ipotesi che, per la verità, non riteneva del tutto campata in aria.

X

« Un notabile che corrompe, che intrallazza, che ruba... Lei a chi penserebbe? ».

« Nel paese? ».

« Forse nel paese, forse nella zona, forse nella provincia ».

« Lei mi pone un problema difficile » disse il parroco di Sant'Anna. « Perché se ci limitiamo al paese, anche i bambini che devono ancora nascere possono rispondere alla domanda... Ma se ci allarghiamo alla zona, alla provincia, viene la confusione, la vertigine... ».

« Limitiamoci al paese » disse Laurana.

« Rosello, l'avvocato Rosello ».

« Impossibile ».

« Impossibile che? ».

« Che sia lui ».

« Che sia lui a corrompere, a rubare, a intrallazzare?... E allora, mi scusi, debbo dirle che lei campa con la testa nel sacco ».

« No no... Voglio dire: impossibile che la persona, la persona con cui ho parlato, volesse riferirsi a lui. Impossibile ».

« E chi è, la persona con cui ha parlato? ».

« Non posso farne il nome » disse: rosso in faccia, sfuggendo lo sguardo del parroco che si fece improvvisamente acuto.

« Ma caro professore: non le ha detto, questa persona, il nome del notabile; non le ha detto il nome del paese; le ha dato dei connotati che, mi creda, si attagliano, ad esclusione di quei galantuomini che sono già stati pescati e soggiornano nelle patrie galere, che so? a centomila persone... E da questa grande armata lei pretende tirar fuori il suo uomo, il suo notabile? »: Sorrise con compatimento, con indulgenza.

« Per la verità avevo creduto che la persona di cui non posso fare il nome si riferisse ad uno del paese... Ma se lei mi dice che nel paese c'è solo Rosello... ».

« Rosello è il più grosso, quello a cui più immediatamente si pensa; e il solo che rientri nella categoria dei notabili, rigorosamente parlando. Poi ci sono i piccoli; e qualcuno può anche metterci me, nel mazzo dei piccoli... ».

« Ma no » protestò, senza convinzione, Laurana.

« Sì invece, e forse con ragione... Ma, ripeto, Rosello è il più grosso... Lei ha un'idea precisa di quel che Rosello è? Dico nei suoi intrallazzi, nei suoi redditi, nella sua pubblica e occulta potenza? Perché di quello che è umanamente, è facile averne idea: un cretino non privo di astuzia, uno che per raggiungere una carica o per mantenerla (una carica ben pagata, s'intende) passerebbe sul cadavere di chiunque... Tranne che sul cadavere di suo zio l'arciprete, naturalmente ».

« So che uomo è, ma non ho un'idea precisa della sua potenza. Lei sarà indubbiamente più informato di me ».

« Lo sono, e come se lo sono!... Dunque: Rosello fa parte del consiglio d'amministrazione della Furaris, cinquecentomila lire al mese, e consulente tecnico della stessa Furaris, un paio di milioni all'anno; consigliere della banca Trinacria, un altro paio di milioni; membro del comitato esecutivo della Vesceris, cinquecentomila al mese; presidente di una società per l'estrazione di marmi pregiati, finanziata dalla Furaris e dalla Trinacria, che opera, come tutti sanno, in una zona dove un pezzo di marmo pregiato non si troverebbe nemmeno se ce lo portassero apposta, perché subito scomparirebbe nella sabbia; consigliere provinciale, e questa è una carica che assolve, dal lato finanziario, in pura perdita, i gettoni di presenza bastandogli appena per le mance agli uscieri: ma dal lato del prestigio... Lei sa che è stato lui, in consiglio provinciale, a spostare i consiglieri del suo partito dall'alleanza coi fascisti a quella coi socialisti: una delle prime operazioni che in questo senso siano state fatte in Italia... Gode perciò della stima dei socialisti; ed avrà anche quella dei comunisti se, profilandosi un altro spostamento a sinistra del suo partito, riuscirà anche stavolta ad anticipare i tempi... Posso dirle, anzi, che i comunisti della provincia già occhieggiano verso di lui con timida speranza... E veniamo ora ai suoi affari privati, che io conosco solo in parte: aree edificabili, nel capoluogo e, si dice, anche a Palermo; un paio di società edilizie in mano; una tipografia che costantemente lavora per uffici ed enti pubblici; una società di trasporti... Poi ci sono più oscuri affari: e qui è pericoloso, anche per pura e disinteressata curiosità, tentare di annusare... Le dico soltanto questo: se mi confidassero che passa dalle sue mani anche la tratta delle bianche, ci crederei senza che me lo giurassero ».

« Non lo avrei mai creduto » disse Laurana.

« Naturalmente... Ma sa com'è? Una volta, in un libro di filosofia, a proposito del relativismo, ho letto che il fatto che noi, ad occhio nudo, non vediamo le zampe dei vermi del formaggio non è ragione per credere che i vermi non le vedano... Io sono un verme dello stesso formaggio, e vedo le zampe degli altri vermi ».

« Divertente ».

« Non tanto » disse il parroco. E con una smorfia di disgusto « Siamo sempre tra vermi ».

Quest'amara battuta portò Laurana sull'orlo della confidenza. E se avesse raccontato al parroco tutto quel che sapeva del delitto e di Roscio? Un uomo intelligente, acuto, di vasta e spregiudicata esperienza: e chi sa che non fosse capace di trovare la chiave del problema. Ma considerò che il parroco parlava troppo, che amava offrire di sé immagine di uomo libero, senza pregiudizio, corrotto. E poi, si sapeva, aveva una profonda avversione nei riguardi dell'arciprete: e a sapere qualcosa che in qualche modo sulla famiglia dell'arciprete gettasse ombra, non si sarebbe trattenuto dall'arricchirla e divulgarla. Ma in questa sua diffidenza giuocava anche, inconsapevolmente, la repugnanza per il prete cattivo, benché a lume di coscienza ritenesse non ne esistessero di buoni; la stessa repugnanza che sua madre non nascondeva nei riguardi del parroco di Sant'Anna: alla cui, come diceva, indecenza, contrapponeva il casto comportamento dell'arciprete.

« Escludendo Rosello, chi altro c'è in provincia che abbia, diciamo, gli stessi requisiti? ».

« Mi lasci pensare » disse il parroco. Poi domandò « Dobbiamo escludere i deputati, i senatori? ».

« Escludiamoli ».

« E allora: il commendatore Fedeli, l'avvocato Lavina, il dottor Jacopitto, l'avvocato Anfosso, l'avvocato Evangelista, l'avvocato Boiano, il professor Camerlato, l'avvocato Macomer... ».

« Problema insolubile, a quanto pare ».

« Eh sì, insolubile: gliel'ho detto prima... Sono troppi, troppi, più di quanto possa credere uno che non sta nello stesso formaggio... Ma lei, mi scusi, quale interesse ha, a risolvere questo problema? ».

« Curiosità, semplice curiosità... Perché ho incontrato un tizio, in treno, che mi ha parlato di uno di queste nostre parti che prosperava, diciamo, sull'illecito... ». Da quando aveva cominciato a interessarsi al delitto, Laurana mentiva con una certa facilità: e un po' se ne preoccupava, come avesse scoperto una sua nascosta inclinazione.

« Allora... » fece il parroco, mandando all'aria con un gesto il piccolo problema. Ma del tutto convinto non pareva.

« Mi dispiace averle fatto perdere del tempo » disse Laurana.

« Stavo leggendo Casanova, il testo autentico delle memorie... In francese » aggiunse con una punta di soddisfazione.

« Non l'ho ancora letto » disse Laurana.

« Non è che le differenze siano molte, col testo che già conosciamo: un po' meno floreale, forse... E stavo riflettendo che la cosa più interessante, a considerare queste memorie come una specie di manuale erotico, la cosa più vera, è questa: che sedurre due o tre donne insieme è più facile che sedurne una sola ».

« Davvero? » si meravigliò il professore.

« Glielo assicuro » disse il parroco mettendosi la mano sul petto.

XI

Laurana ricordava benissimo: fino alla vigilia del delitto, Roscio e Rosello si salutavano, si parlavano. Non che mostrassero tra loro intimità di parenti o cordialità di amicizia: ma il fatto è che Roscio manteneva con tutti, anche col farmacista Manno che gli era assiduo compagno nella caccia, un distacco che poteva apparire di freddezza, di indifferenza. Il suo parlare, poi, si riduceva alle risposte: e più la compagnia era numerosa e più si chiudeva in assorto e lontano silenzio. Soltanto con un vecchio compagno come Laurana, loro due soli o in disparte, un po' si abbandonava alla conversazione. E si poteva presumere facesse così anche col farmacista, nelle lunghe giornate di battuta.

I rapporti col cugino di sua moglie parevano, anche negli ultimi tempi, immutati: e del resto nell'abituale laconicità di Roscio sarebbe stato difficile notare un qualche mutamento. Si parlavano, comunque: e questo fatto impediva il sorgere del sospetto che Roscio venisse armando una trappola a danno del suo parente. A meno di non attribuirgli nascosta e sottile perfidia: la capacità, da quelle parti non rara, di nascondere accuratamente il malanimo nei riguardi di una persona nel tempo stesso che la si colpisce con i mezzi più vili. Ma questa ipotesi Laurana non voleva nemmeno considerare.

Al punto in cui era arrivato, altro non c'era da fare che lasciar perdere, non pensarci più. Era stato un passatempo da vacanza; e piuttosto insensato, per la verità. Ora si riaprivano le scuole, c'era da riprendere la disagiata vita del va e vieni tra il paese e il capoluogo, ché sua madre era affezionata al paese e alla casa e recisamente respingeva la proposta di un trasferimento al capoluogo. E benché di questo atteggiamento della madre lui si ritenesse un po' vittima, tornare in paese dopo le ore di scuola, vivere nella vecchia e grande casa in cui era nato, era un piacere cui non avrebbe mai rinunciato.

Decisamente scomodi erano però gli orari della corriera: partire ogni mattina alle sette, arrivare mezz'ora dopo al capoluogo, girare per più di mezz'ora in attesa che si facesse l'ora della scuola o passare quella mezz'ora nella sala dei professori o in un caffè; dover aspettare poi che si facesse l'una e mezza per ripartire, arrivare a casa alle due... Era una vita che, da un anno all'altro, si faceva più pesante, per gli anni che passando lasciano il loro peso.

Il consiglio che tutti (tranne sua madre) gli ripetevano, di imparare a guidare l'automobile e di acquistarne una, non gli era mai parso si confacesse alla sua età, ai suoi nervi, alla sua distrazione (oltre che alle paure di sua madre): ma ora, più stanco e impigrito di fronte alla prospettiva di un anno di scuola, di un anno di corriera, decise di tentare. Del resto, se alle prime prove di guida avesse mostrato, a giudizio del maestro, mancanza di riflessi e di attenzione, avrebbe subito smesso e con rassegnazione si sarebbe riattaccato alle vecchie, anche se più grevi, abitudini.

Questa piccola decisione doveva avere, nella sua vita, il ruolo della fatalità. Non che veramente al problema della morte di Roscio (e del farmacista) fosse riuscito a non pensare più, e poi dall'oggi al domani: ma l'incontro che fece salendo le scale del palazzo di giustizia, dove era andato per chiedere il certificato della sua penale castità, indispensabile per entrare nel numero degli automobilisti patentati, segnò lo scatto di un altro dato del problema. Il caso, per la seconda volta: ma stavolta gravido della mortale fatalità.

Saliva le scale del palazzo di giustizia, dunque, masochisticamente svolgendo quelle apprensioni che sono tipiche dell'italiano che sta per entrare nel labirinto di un ufficio pubblico, e intitolato alla giustizia per di più. Ed ecco che si trovò davanti Rosello, che scendeva in compagnia di due persone, una delle quali Laurana subito riconobbe: l'onorevole Abello, dai suoi devoti e dal suo partito considerato un campione di moralità e di dottrina. Della quale dottrina più volte aveva dato valide prove dimostrando che in sant'Agostino, san Tommaso, sant'Ignazio, e in ogni santo che avesse messo mano a penna o di cui qualche contemporaneo avesse raccolto i pensieri, il marxismo era stato trionfalmente superato. I superamenti erano il suo forte, in ogni campo.

Rosello sembrò lieto dell'occasione: l'occasione di far conoscere da vicino, a Laurana che rosicchiava cultura, quel padreterno della cultura che era l'onorevole Abello. Li presentò, infatti, e l'onorevole, porgendo la mano a Laurana, distrattamente salutò con un «Caro amico» ma si fece più attento quando Rosello gli disse che Laurana, professore al liceo classico, si dedicava anche alla critica letteraria.

«Critica letteraria?» fece l'onorevole prendendo cipiglio di esaminatore «E che cosa ha scritto, di critica letteraria?».

«Piccole cose: su Campana, su Quasimodo...».

«Uh uh, su Quasimodo» disse, trafitto dalla delusione, l'onorevole.

«Non le piace?».

«Per niente. La Sicilia, oggi, ha un solo grande poeta: Luciano De Mattia... Lo conosce?».

«No».

«*Ascolta, Federico, la mia voce che a te viene col vento dei gabbiani...* L'ha mai sentita? È una poesia di De Mattia, meravigliosa, dedicata a Federico secondo: la cerchi, la legga».

In soccorso a Laurana schiacciato dalla possente cultura dell'onorevole, e con un sorriso

che appunto diceva quanto amichevole e pietoso fosse il soccorso, Rosello intervenne chieden-
do « E come mai da queste parti? Hai bisogno di
qualcosa? ».

Laurana spiegò che era venuto per chiedere
un certificato penale, e la ragione per cui lo
chiedeva; e intanto guardava con vaga curiosità
la persona che era in compagnia di Rosello e
dell'onorevole e che si era tirata in disparte. Un
galoppino dell'onorevole o un cliente di Rosello. Un uomo di campagna, evidentemente: ma
quel che nel suo aspetto incuriosiva era il con-
trasto che le lenti, dalla leggera montatura me-
tallica, di quelle che portano gli americani di
una certa età, alla Truman insomma, facevano
sulla sua faccia larga, dura, cotta dal sole. E
forse nell'impaccio di sentirsi oggetto di curiosità, sia pure vaga e distratta, l'uomo tirò fuori
dalla tasca un pacchetto, dal pacchetto un sigaro.

L'onorevole gli porgeva la mano con un « Caro amico » ora improntato al disprezzo più che
alla distrazione. Mentre gliela stringeva, Laurana registrò i colori giallo e rosso del pacchetto
che l'uomo si rimetteva in tasca. Salutò Rosello,
fece un cenno di saluto, inavvertitamente, al-
l'uomo rimasto in disparte.

Quando, venti minuti dopo, corse fuori del
palazzo di giustizia perché a scuola aveva ancora
un'ora di lezione da fare, passando davanti a un
tabaccaio, quel pacchetto di sigari, quei colori,
improvvisamente gli lampeggiarono nella mente. Fu un impulso immediato: entrò e domandò
un pacchetto di Branca.

Negli attimi in cui la mano del tabaccaio si mosse lungo lo scaffale per fermarsi alla casella dei Branca, i battiti del suo cuore ebbero un'accelerazione, una vampata di emozione gli salì alla testa: così come il giuocatore di roulette che segue l'estremo lento movimento della pallina sul quadrante. Ed ecco il pacchetto dei Branca sul banco: giallo e rosso. Era così intensa e bruciante l'impressione di avere azzardato e di avere vinto che pensò 'jaune et rouge', imitando, forse nella mente forse a voce, il tono cantilenante di un croupier; forse a voce, se il tabaccaio restò per un momento sospeso, a guardarlo. Pagò, uscì. Le mani gli tremavano nell'aprire il pacchetto; e mentre tirava fuori un sigaro e l'accendeva, inconsciamente rimandando il piacere di meditare sull'abbagliante elemento che era venuto ad aggiungersi a quelli che già conosceva, divagò pensando che il giallo sul tablò della roulette non c'era: e rivide le sale da giuoco di Montecarlo, dove una volta era stato, con gli occhi spiritati di Ivan Mosjoukine – Mattia Pascal.

Arrivò a scuola che già il preside era nel corridoio, a sorvegliare l'aula in cui i ragazzi avevano cominciato a far tumulto. « Professore, professore... » lo rimproverò blandamente.

« Mi scusi » disse Laurana entrando in aula, in mano il sigaro acceso. Era soddisfatto, confuso, sgomento. I suoi alunni a gran voce salutarono la novità del sigaro.

XII

Per quel che ne sapeva, l'uomo che fumava sigari Branca poteva essere un sicario come poteva essere un professore universitario di Dallas venuto a nutrirsi al petto, copioso di dottrina, dell'onorevole Abello. Soltanto l'istinto, in lui come in ogni siciliano affinato da un lungo ordine di esperienze, di paure, lo avvertiva del pericolo: così come il cane sente nella traccia del porcospino, prima ancora di avvistarlo, lo strazio degli aculei; e lamentosamente guaisce.

Da un incontro che la sera stessa ebbe con Rosello, il suo presentimento diventò un dato di fatto.

Prima ancora di salutarlo, Rosello gli domandò « Che impressione ti ha fatto, l'onorevole? » sorridendo di compiacimento, di orgoglio.

Laurana studiò una risposta ambigua. « È degno » disse « dell'ammirazione di cui gode ».

« Sono contento di questo tuo giudizio, sono davvero contento. È un uomo che fa faville, un ingegno straordinario... Vedrai che presto o tardi lo fanno ministro ».

« Dell'interno » disse Laurana, suo malgrado lasciando trasparire ironia.

« Perché dell'interno? » domandò Rosello, con diffidenza.

« E dove lo vuoi mettere, un uomo come lui, al turismo? ».

« Certo bisogna che quelli di Roma capiscano, che gli diano un ministero importante, un ministero chiave ».

« Capiranno » affermò Laurana.

« Speriamo... Perché è un vero peccato che un uomo come lui, in un momento così delicato della nostra vita politica, della nostra storia, non venga sfruttato per quello che vale ».

« Ma, se non sbaglio, le sue posizioni sono di destra. E forse, in un momento in cui si va a sinistra... ».

« La destra dell'onorevole sta più a sinistra dei cinesi, se proprio lo vuoi sapere... Che destra, che sinistra? Per lui queste sono distinzioni che non hanno senso ».

« Ne ho piacere » disse Laurana. E poi, come distrattamente « E chi era quel signore che accompagnava l'onorevole? ».

« Uno di Montalmo, un brav'uomo ». Ma subito si irrigidì, il suo occhio diventò fermo e freddo. « Perché lo vuoi sapere? ».

« Così, per curiosità... Mi è parso un tipo interessante ».

« Sì, è davvero un tipo interessante » con un tono venato di oscura beffa e minaccia.

Laurana si sentì rameggiare da un brivido di spavento. Tentò di riportare il discorso sull'onorevole. « Ma l'onorevole Abello » domandò « accetta completamente la linea che per ora segue il vostro partito? ».

« E perché no? Abbiamo rosicchiato per vent'anni a destra, ora è tempo di cominciare a rosicchiare a sinistra. Tanto, non cambia niente ».

« E i cinesi? ».

« I cinesi? ».

« Voglio dire: poiché l'onorevole sta più a sinistra dei cinesi... ».

« Ecco come siete, voi comunisti: di una frase fate una corda, e ci impiccate un uomo... Io ho detto così per dire, che sta a sinistra dei cinesi... Se ti fa piacere, posso anche dirti che sta a destra di Franco... È un uomo straordinario, che ha idee talmente grandi che queste miserie di destra e di sinistra, te l'ho detto già, per lui non hanno senso... Ma scusami, ne parleremo un'altra volta: ho da fare, debbo tornare a casa ». Se ne andò, un po' intorbidato in faccia, senza salutare.

Tornò una mezz'ora dopo, completamente mutato: allegro, affettuoso, disposto allo scherzo. Ma Laurana avvertì la tensione, l'inquietudine, la paura forse, che lo portavano a girare, 'come un atropo' pensò 'come un atropo testa di morto intorno al lume': e l'immagine, dalla pagina di *Delitto e castigo* da cui era sorta finì, per vizio di mestiere, spiaccicata in nota a Gozzano, in nota a Montale.

Cercò, Rosello, di far ricadere il discorso su quel brav'uomo di Montalmo di cui Laurana gli aveva domandato: che forse proprio di Montalmo non era, che pensandoci bene forse risiedeva nel capoluogo, che lui aveva detto che era di Montalmo perché una volta, una delle due volte che l'aveva incontrato, l'aveva visto a Montalmo; e che era un brav'uomo perché l'onorevole sempre come di un brav'uomo ne aveva parlato: devoto, fedele... E così finì col bruciarsi le ali, Rosello, nella fiamma del sospetto di Laurana. E quasi faceva pena.

L'indomani, nel pomeriggio, Laurana prese la corriera per Montalmo. C'era, in quel paese, un suo compagno d'università che più volte l'aveva invitato a quel viaggio per certi scavi da cui erano venuti in luce, recentemente, interessantissime cose della Sicilia antica.

Era un bel paese: aperto, armonioso, con strade dritte che irraggiavano da una piazza integralmente barocca. In un palazzo della piazza stava il suo amico: un grande palazzo tanto oscuro dentro quanto fuori era luminoso, per la pietra di compatta arenaria in cui sembrava il sole si fosse rappreso.

Ma il suo amico non era in casa: era andato, appunto, agli scavi, di cui era ispettore onorario; la vecchia cameriera glielo disse dalla porta appena spiragliata, con evidente premura di chiudergliela in faccia. Ma dalla casa, come da una profonda prospettiva di porte aperte, venne una voce che imperiosamente chiedeva «Chi è?». Sempre tenendo la porta semiaperta la cameriera verso l'interno gridò « Niente, uno che cerca il professore ».

« E fallo entrare » ordinò la voce.

« Ma cerca il professore, e il professore non c'è » replicò la cameriera.

« Fallo entrare, ti dico ».

« Gesù » gemette la cameriera, quasi stesse per verificarsi un disastro. E aprì la porta facendo entrare Laurana.

Giusto da una prospettiva di porte aperte avanzava un uomo anziano, curvo, un plaid vivace sulle spalle.

« Lei cerca mio fratello? ».

« Sì... Sono un suo vecchio amico, un compagno d'università... Mi ha invitato più volte a venire qui: per vedere gli scavi, il nuovo museo... E oggi... ».

« Si accomodi, venga: non tarderà molto, a tornare ». Si voltò a fargli strada; e appena si voltò la cameriera fece a Laurana un segno di avvertimento: un movimento con la destra all'altezza della fronte, come di spirale. L'inequivocabile significato del gesto fermò Laurana. Ma senza che si fosse voltato, senza voltarsi, l'uomo disse « Concetta la sta avvertendo che sono pazzo ». Meravigliato, ma al tempo stesso rinfrancato, Laurana lo seguì.

Al fondo della prospettiva, in uno studio pieno di libri, di statue, di anfore, l'uomo andò a sedersi dietro una scrivania, gli fece cenno che si sedesse di fronte a lui, dall'altra parte della scrivania. Rimosse una piccola barricata di libri, disse « Concetta mi considera pazzo; e non solo lei, per la verità ».

Laurana fece un vago gesto di incredulità, di protesta.

« Il guaio è che per certe cose lo sono davvero... Non so se mio fratello le ha parlato qualche volta di me: almeno per il fatto che, quando faceva l'università, io, a quanto lui dice, i soldi glieli lesinavo... Io sono Benito, il fratello maggiore... Il nome, naturalmente, non mi viene da quel tale a cui lei sta pensando: eravamo quasi coetanei... Dopo l'unità c'è stato nella mia famiglia un innesto di sentimenti repubblicani, rivoluzionari: e io mi chiamo Benito perché un mio zio, morto nell'anno in cui sono nato, era nato a sua volta nell'anno in cui Benito Juarez fece fucilare Massimiliano. Un re morto ammazzato pare fosse per mio nonno ragione di incontenibile gioia. Questo però non gli impediva di continuare, nei nomi, la tradizione bonapartista che si era stabilita in famiglia: dalla rivoluzione del 1820 in poi non c'è stato uno, nella nostra famiglia, che scampasse al secondo o terzo nome di Napoleone, se maschio, e di Letizia, se femmina. Infatti, mio fratello si chiama Girolamo Napoleone, mia sorella Letizia e io, dietro Benito Juarez, nascondo un Giuseppe Napoleone. Ma non è escluso che il Giuseppe sia, per così dire, ambivalente tra Bonaparte e Mazzini... Quando si può, è bene fare con un viaggio due servizi... Durante il fascismo, il mio nome faceva una certa impressione: uno che si chiamasse Benito e che avesse la stessa età di colui che, come si diceva, guidava le grandi sorti della patria, la gente era talmente abituata al mito che forse si faceva l'idea avessero cominciato a marciare in-

sieme verso Roma appena messo il primo den-
te... Lei è fascista? ».

« Ma no, tutt'altro ».

« Non si offenda: lo siamo un po' tutti ».

« Davvero? » fece Laurana, divertito e irri-
tato.

« Ma sì... E le faccio subito un esempio, che è
anche esempio di una delle mie più recenti e
cocenti delusioni... Peppino Testaquadra, mio
vecchio amico: uno che dal ventisette al quaran-
tatré ha passato tra carcere e confino gli anni
migliori della vita, uno che a dargli del fascista
salterebbe su per scannarvi o per ridervi sul
muso... Eppure lo è ».

« Fascista, lei dice? Testaquadra fascista? ».

« Lo conosce? ».

« Ho sentito qualche suo discorso, leggo i suoi
articoli ».

« E, naturalmente, dal suo passato e da quello
che dice e scrive, lei ritiene che a considerarlo
fascista ci voglia una forte carica di malafede o
di pazzia... Ebbene, forse di pazzia sì, se consi-
deriamo la pazzia una specie di porto franco
della verità; ma non di malafede, assolutamente... È un mio amico, le dico, un mio vecchio
amico. Ma non c'è niente da fare, è un fascista.
Uno che arriva a trovarsi una piccola e magari
scomoda nicchia nel potere, e da quella nicchia
ecco che comincia a distinguere l'interesse dello
Stato da quello del cittadino, il diritto del suo
elettore da quello del suo avversario, la conve-
nienza della giustizia... E non le pare che gli si
può domandare chi gliel'ha fatto fare a soffrire
galera e confino? E non le pare che noi, mali-

gnamente, possiamo anche pensare che è partito allora sul piede sbagliato o che se Mussolini l'avesse chiamato...? ».

« Malignamente » sottolineò Laurana.

« La mia malignità le dà misura della delusione e della pena che Peppino mi ha dato: come suo elettore, oltre che amico ».

« Lei vota per il partito di Testaquadra? ».

« Non per il partito... Cioè: per il partito, si capisce, ma in subordine... Come tutti, qui... C'è chi è legato ad un uomo politico da un sussidio, da un coppo di spaghetti, da un portodarme o da un passaporto; e chi, come me, è legato dalla stima personale, dal rispetto, dall'amicizia... E pensi al grande sacrificio, per me, di uscire di casa per andare a dargli il voto ».

« Non esce mai di casa? ».

« Mai, da parecchi anni... Ad un certo punto della mia vita ho fatto dei calcoli precisi: che se io esco di casa per trovare la compagnia di una persona intelligente, di una persona onesta, mi trovo ad affrontare, in media, il rischio di incontrare dodici ladri e sette imbecilli che stanno lì, pronti a comunicarmi le loro opinioni sull'umanità, sul governo, sull'amministrazione municipale, su Moravia... Le pare che valga la pena? ».

« No, effettivamente no ».

« E poi, in casa ci sto benissimo: e specialmente qui dentro » levando le mani ad indicare ed accogliere tutti i libri d'intorno.

« Bella biblioteca » disse Laurana.

« Non è che non mi capiti, anche qui dentro, di imbattermi nei ladri, negli imbecilli... Parlo di scrittori, beninteso, non di personaggi... Ma me ne libero facilmente: li restituisco al libraio o li regalo al primo cretino che viene a farmi visita ».

« Anche stando in casa, dunque, lei non riesce ad evitare del tutto i cretini ».

« Non ci riesco... Ma qui dentro è diverso: mi sento più sicuro, più distante... Qualcosa di simile al teatro: e persino mi ci diverto... Posso anche dirle che, da qui, mi pare teatro tutto quello che accade nel paese: matrimoni, funerali, liti, partenze, arrivi... Perché so tutto, sento tutto; e ogni cosa mi arriva anzi moltiplicata, rimbombante di echi... ».

« Ho conosciuto uno di Montalmo » interruppe Laurana « di cui non riesco a ricordare il nome: alto; la faccia grande, scura; porta lenti di tipo americano; è una specie di grande elettore dell'onorevole Abello... ».

« Lei è un professore? ».

« Sì, un professore » rispose Laurana: arrossendo sotto l'improvvisa, fredda diffidenza dell'altro, come se nascondesse una diversa identità.

« E dove l'ha conosciuto, questo tale di Montalmo di cui ha dimenticato il nome? ».

« Per le scale del palazzo di giustizia, qualche giorno addietro ».

« Stava tra due carabinieri? ».

« Ma no: era in compagnia dell'onorevole Abello e di un mio conoscente, un avvocato ».

« E vuole sapere da me come si chiama? ».

« Non è che ci tenga proprio a saperlo... ».

« Ma vuole o non vuole saperlo? ».

« Sì ».

« E perché? ».

« Ma così, per curiosità... L'uomo, ecco, mi ha fatto una certa impressione ».

« C'è di che » disse don Benito scoppiando a ridere.

Rise fino al singulto, fino alle lacrime. Poi si calmò, si asciugò gli occhi con un gran fazzoletto rosso. 'È pazzo' pensava Laurana 'è davvero pazzo'.

« Sa di che rido? » disse. « Di me rido, della mia paura... Ho avuto paura, lo confesso. Io, che mi ritengo un uomo libero in un paese che non lo è, ho avuto per un momento l'antica paura di trovarmi tra il delinquente e lo sbirro... Ma anche se lei è veramente uno sbirro... ».

« Non lo sono... Gliel'ho detto: sono un professore, un collega di suo fratello... ».

« E chi glielo fa fare, di andare a sbattere in Raganà? » di nuovo scoppiò a ridere, poi spiegò « Domanda dettata dalla prudenza, non dalla paura... Comunque, le ho già risposto ».

« Si chiama Raganà ed è un delinquente« .

« Esatto: uno di quei delinquenti incensurati, rispettati, intoccabili ».

« Lei crede che sia ancora oggi intoccabile? ».

« Non lo so, probabilmente arriveranno a toccare anche lui... Ma il fatto è, mio caro amico, che l'Italia è un così felice paese che quando si cominciano a combattere le mafie vernacole vuol dire che già se ne è stabilita una in lingua... Ho visto qualcosa di simile quarant'anni fa: ed è vero che un fatto, nella grande e nella piccola storia, se si ripete ha carattere di farsa, mentre nel primo verificarsi è tragedia; ma io sono ugualmente inquieto ».

« Ma che c'entra? » scattò Laurana. « Quarant'anni fa, le posso anche dare ragione, una mafia grande ha tentato di schiacciare la piccola... Ma oggi, via... Le pare che oggi sia la stessa cosa? ».

« Non la stessa cosa... Però, senta, le voglio raccontare a modo di apologo un fatto che lei certamente conosce... Una grande industria decide di costruire una diga, a monte di una zona popolata. Una diecina di deputati, avvalendosi del parere dei tecnici, chiedono che la diga non si faccia: per il pericolo che verrebbe ad incombere sulla zona sottostante. Il governo lascia costruire la diga. Più tardi, quando è già costruita e in funzione, si leva qualche avvertimento di pericolo. Niente. Niente finché non succede quel disastro che alcuni avevano previsto. Risultato: duemila persone morte... Duemila persone: quante i Raganà che prosperano qui ne liquidano in dieci anni... E potrei raccontarle una quantità di altri apologhi, che peraltro lei conosce benissimo ».

« È un rapporto che non regge... E poi, francamente, mi pare che i suoi apologhi diano nell'apologia... Lei non considera la paura, il terrore... ».

« Crede che gli abitanti di Longarone non ne avessero, a guardare quella diga? ».

« Ma non è la stessa cosa. Convengo che, sì, è stato un fatto gravissimo... ».

« E resterà impunito, appunto come i più bei delitti nostrani, come i più tipici ».

« Ma insomma: se questo Raganà, e tutti i Raganà che conosciamo e che non conosciamo, si riesce finalmente a toccarli, nonostante la protezione di cui godono, a me pare che un bel passo avanti si sarà fatto, un passo importante... ».

« Crede davvero? Nelle condizioni in cui siamo? ».

« Quali condizioni? ».

« Mezzo milione di emigrati, vale a dire quasi tutta la popolazione valida; l'agricoltura completamente abbandonata; le zolfare chiuse e sul punto di chiudere le saline; il petrolio che è tutto uno scherzo; gli istituti regionali che folleggiano; il governo che ci lascia cuocere nel nostro brodo... Stiamo affondando, amico mio, stiamo affondando... Questa specie di nave corsara che è stata la Sicilia, col suo bel gattopardo che rampa a prua, coi colori di Guttuso nel suo gran pavese, coi suoi più decorativi *pezzi da novanta* cui i politici hanno delegato l'onore del sacrificio, coi suoi scrittori impegnati, coi suoi Malavoglia, coi suoi Percolla, coi suoi loici cornuti, coi suoi folli, coi suoi demoni meridiani e notturni, con le sue arance, il suo zolfo e i suoi cadaveri nella stiva: affonda, amico mio, affonda... E lei ed io, io da folle e lei forse da impegnato, con l'acqua che ci arriva alle ginocchia, stiamo qui ad occuparci di Raganà: se è saltato dietro al suo onorevole o se è rimasto a bordo tra i morituri ».

« Non sono d'accordo » disse Laurana.

« Tutto sommato nemmeno io » disse don Benito.

XIII

« Qual è l'animale che tiene il becco sottoterra? » domandò Arturo Pecorilla dalla soglia.

Quasi ogni sera, il giovane Pecorilla faceva la sua entrata al circolo in un rutilio di barzellette, giuochi di parole, freddure di cui alacremente faceva incetta dagli almanacchi, dai giornali e dagli spettacoli di varietà che nel capoluogo usava frequentare. Quando però c'era il padre, la sua entrata aveva un che di triste, di mortificato: poiché uno esaurito di nervi, quale il giovane si dichiarava a giustificare le sue diserzioni universitarie, il notaro Pecorilla ammetteva sì che avesse bisogno di briosa compagnia, ma non che diventasse il brio della compagnia. Opinione, questa, non condivisa dai medici, ma fermamente mantenuta dal notaro e dal giovane, per necessità di vita, rispettata.

Quella sera il notaro non era al circolo, e perciò il giovane dalla soglia sparò il ridevole

quesito dell'animale che tiene il becco sottoterra.

Quelli che più avevano dimestichezza col
mondo animale, e cioè i cacciatori, nominarono
la beccaccia, il formichiere; i più sprovveduti
diedero invece nell'esotico con gru, cicogne,
struzzi e condor.

Il giovane Pecorilla li lasciò cuocere un poco;
poi trionfalmente rivelò « La vedova ».

Alle risatine di circostanza successero, nell'ordine, tre reazioni. Il colonnello Salvaggio scattò
dalla sua poltrona e con voce che prometteva
l'immediata esplosione della collera domandò
« Ci mette anche la vedova di guerra? ».

« Me ne guardo bene » rispose il giovane. E il
colonnello risprofondò nella poltrona.

« Il suo quesito conteneva una slealtà lingui-
stica » osservò il ragioniere Piranio. « Lei ha usa-
to il verbo tenere al posto del verbo avere: uno
spagnolismo, un napoletanismo ».

« Lo ammetto » disse Arturo Pecorilla, che
non voleva entrare in polemica per la fretta che
aveva di raccontare una barzelletta nuova
nuova.

La reazione di don Luigi Corvaia fu invece
del tutto esterna, forse distratta, certamente in-
cauta. « Chi sa » disse, come soprapensiero « se
la vedova del dottor Roscio si risposerà ».

« E che ha il becco sottoterra anche lei? » fece
il giovane Pecorilla, con quella mancanza di delicatezza in cui si distingueva.

« Tu stai sempre a rompere le scatole » gridò
don Luigi, rosso in faccia. La coscienza di aver

sbagliato alimentava la sua rabbia. Quel pane-perso del giovane Pecorilla veniva a sottolineare crudamente l'errore, a farlo risaltare agli occhi di tutti. Cose delicate, cose pericolose: e aveva voglia di scherzarci sopra. «Io ho detto quello che ho detto» spiegò sforzandosi alla calma «automaticamente: ho sentito la parola vedova, e mi è venuto quel pensiero... Ma tu, che non hai rispetto né per i vivi né per i morti...».

«Scherzavo» disse il giovane. «E che non lo hanno capito tutti che scherzavo? Non mi sarei permesso...».

«Con certe cose non si scherza... Se io qui, tra amici, mi domando che farà la vedova del nostro povero amico Roscio, puoi stare certo che le mie intenzioni sono assolutamente rispettose... Del resto, tutti qui conosciamo le virtù della signora...». Venne un coro di «Ma si capisce... Ma nemmeno a parlarne...» e don Luigi proseguì «La signora è poi così giovane e, diciamolo pure, tanto bella, che uno, non so, sente una certa pena al pensiero che debba restarsene per sempre chiusa nel suo dolore, nel suo lutto...».

«Eh sì» sospirò il colonnello Salvaggio «è un gran bel pezzo di donna».

«Ma lei, ormai...» commentò Arturo Pecorilla, pentito di aver lasciato cadere la questione della vedova di guerra e con tutta l'intenzione di far esplodere il colonnello su quella dell'efficienza virile.

«Ormai che?» fece il colonnello, raccogliendosi nella poltrona come una pantera pronta al balzo.

« Ormai... » ripeté il giovane, con un tono e un gesto di desolazione.

Il colonnello balzò. « Io, per sua norma e regola, alla mia età, coi miei settantadue anni, se almeno una volta al giorno... ».

« Ma colonnello, io non la riconosco più! » intervenne, severo, il ragioniere Piranio « Il suo prestigio, il suo grado! ».

Piranio era veramente convinto che a un colonnello si addicesse alto decoro, solenne compostezza: perciò i suoi moniti avevano effetto profondo e immediato.

« Ha ragione » disse il colonnello « ha ragione... Ma quando mi sento così ignobilmente provocato... ».

« Non raccolga » tagliò Piranio. Era una scena che si ripeteva ogni giorno; e chi voleva davvero godere fino in fondo le collere del colonnello doveva approfittare dell'assenza di Piranio.

Tornato il colonnello alla sua poltrona, fu Piranio a riprendere il discorso sulla vedova Roscio. « Giovane, bella: d'accordo... Però bisogna considerare che ha una bambina, e forse vorrà dedicarsi interamente a lei ».

« Che vuol dire, dedicarsi interamente alla bambina? » intervenne l'ufficiale postale « Quando ci sono i soldi, egregio amico, un problema simile non esiste. La bambina è già a posto con quello che suo padre le ha lasciato; basta metterla in un buon collegio, ed è risolto il problema di dedicarsi a lei ».

« Giusto » approvò don Luigi.

« Però » disse Piranio « bisogna considerare l'altro lato della cosa: una vedova con una bambina, sia pure ben situata economicamente, a sposarla uno ci pensa due volte ».

« Davvero? E c'è qualcuno qui, fatta eccezione per lei, che ci penserebbe due volte?... Una donna come quella? Ma chi non si getterebbe a pesce, senza pensarci nemmeno mezza volta? » disse il commendator Zerillo.

« Ostia! » bramì il colonnello.

Da quel momento il rispetto per la signora ebbe un vorticoso declino. Per il suo corpo, beninteso, non per le sue virtù. Che restavano pregiudizialmente rare e intoccabili, le virtù, mentre il suo corpo nudo, e certe parti del suo corpo, scorrevano e si dilatavano in prospettive simili a quelle che il fotografo Brandt sa ossessivamente svolgere. La mancanza di rispetto arrivò al punto che il colonnello si attaccò come un lattante al petto della signora: e ci volle tutta l'autorità di Piranio, e richiami a fatti storici gloriosi, per farglielo lasciare.

Laurana non diceva parola. Tutto il gran discorrere che di solito si faceva al circolo sulle donne quasi sempre seguiva con divertimento. Una serata al circolo, per lui, era come leggere un libro: di Pirandello o di Brancati, secondo i temi e gli umori della conversazione; ma più spesso di Brancati, per la verità. Perciò assiduamente lo frequentava, il circolo era anzi la piccola vacanza della sua giornata.

Il discorso sulla signora Roscio gli dava però disagio, turbamento, impulsi contrastanti. Ne era indignato e al tempo stesso affascinato. Più volte fu sul punto di andarsene o di esprimere la sua indignazione: ma l'indecenza e la malignità, e più una vaga sofferenza, qualcosa che somigliava alla gelosia, lo attiravano e trattenevano.

Spentosi l'interludio erotico, si tornò al tema che il commendator Zerillo denominò dei papabili: di coloro cioè che scapoli, di età tra i trenta e i quaranta, laureati, di bella presenza, di buon carattere, con probabilità di successo avrebbero potuto aspirare al letto e ai beni della vedova Roscio. E ci fu uno che ad un certo punto, forse per complimento più che per convinzione, fece il nome di Laurana: e Laurana, arrossendo, come di un complimento se ne schermì.

La questione fu sciolta da don Luigi Corvaia. « E che andate cercando? » disse. « Quando la signora deciderà di risposarsi, il marito ce l'ha bello e pronto, in famiglia ».

« E chi è costui? » domandò il colonnello, così minacciosamente che pareva avesse già impugnato la folgore da lanciare sull'eletto.

« E chi può essere? Il cugino, il nostro amico Rosello » ché don Luigi non dimenticava mai, quando più era maligno, di elargire amicizia alle sue vittime.

« Quel sorcio di sagrestia? » disse il colonnello: e con la solita precisione di mira colpì col suo disprezzo la sputacchiera di smalto bianco, a tre metri.

« Appunto » sorrise don Luigi specchiandosi nella propria perspicacia « appunto... ».

Era un pensiero che già da qualche giorno inquietava Laurana. E c'era arrivato come all'unico possibile movente del delitto; mentre ora don Luigi Corvaia ci arrivava per gusto di pettegolezzo, di maldicenza. Solo che restava fuori del quadro (o dentro il quadro come un dato indecifrabile, oscuro, contraddittorio) il fatto che Roscio avesse segretamente tentato, attraverso il deputato comunista, di colpire Rosello. Perché i casi erano due: o la signora e il cugino erano stati còlti da Roscio in flagrante adulterio, come si dice nei verbali di polizia; o che Roscio avesse soltanto il sospetto, anche se fondato, della tresca. Nel primo caso bisognava attribuirgli un comportamento ben strano: di uno che vede, freddamente dichiara all'amante della moglie la sua intenzione di rovinarlo, volta le spalle; e poi, mentre va armando la sua vendetta, continua a mantenere con l'uomo che odia inalterati rapporti. Nel secondo caso, restava invece da spiegare il fatto che Rosello fosse venuto a conoscenza di quel che Roscio tramava a suo danno. E c'era, sì, una terza ipotesi: che la signora, incolpevole, fosse stata dal cugino circuita, insidiata; e ne avesse avvertito il marito o il marito se ne fosse accorto. Ma in tal caso, sicuro della fedèltà di sua moglie, Roscio si sarebbe limitato a mutare o rompere i rapporti con l'altro. La sua comprensione e tolleranza riguardo alle passioni umane non poteva, di fronte ad un'offesa non irreparabile, anzi soltanto tentata, rovesciarsi al punto da cercare irreparabile vendetta.

C'era però da considerare che dal deputato era andato soltanto per saggiarne la disponibilità alla denuncia: non ancora deciso alla vendetta, e anzi chiaramente gli aveva detto che ancora doveva decidere se dirgli tutto o niente, secondo... Secondo che? Secondo se, sotto la minaccia, Rosello avesse mutato comportamento? E dunque, minacciandolo apertamente, gli aveva posto una condizione? Bisognava, allora, tornare alla prima ipotesi: di un modo piuttosto strano di comportarsi, da high-life continentale, da cinematografo, da parte di un marito tradito ma innamorato della moglie, tenacemente deciso a tenersela. E nonostante Laurana fosse severo giudice di un modo di vita governato dalle passioni, e da quelle dell'amor proprio e dell'onore particolarmente, non poteva fare a meno di avvertire, in questa sua ipotesi, una mancanza di rispetto alla memoria di Roscio: e perciò si ingegnava a demolirla, a dissolverla. Ma comunque rivoltata, la vicenda aveva un che di equivoco, di ambiguo: anche se ancora non apparivano del tutto chiari i rapporti di causa ed effetto, dei protagonisti tra loro, degli elementi a sua conoscenza nel meccanismo del delitto. E nell'equivoco, nell'ambiguità, moralmente e sensualmente si sentiva coinvolto.

XIV

Se un processo, giuocato su tre indizi fino a un certo punto validi e su un movente appena intravisto tra le quinte della maldicenza, fosse finito in una sentenza di condanna, Laurana ne avrebbe tratto motivo a rinvigorire quel sentimento e quella filosofia di repugnanza e di polemica che costitutivamente portava contro l'amministrazione della giustizia e contro il principio stesso da cui l'amministrazione della giustizia discendeva. Ma i tre indizi che andava dentro di sé dibattendo e accozzando, e quel vago movente, gli parevano sufficienti, ormai, a non lasciare margine di dubbio sulla colpevolezza di Rosello.

Come diceva il parroco di Sant'Anna, Rosello era veramente un cretino non privo di astuzia. E con atroce astuzia, in uno schema non del tutto nuovo nella storia del crimine, organizza il delitto. Ma non fa caso del giornale da cui ritaglia le parole per il messaggio di morte, poiché per lui «L'Osservatore romano» è un giornale come un altro, abituato com'è a vederlo sempre in casa e negli ambienti che frequenta: ed è il primo errore. Poi, secondo errore, lascia passare quel tanto di tempo che permette a Roscio di muoversi, di parlare con qualcuno: ma questo era forse errore inevitabile, non si può da oggi a domani concepire un delitto e disegnarne l'esecuzione. E terzo: si fa vedere in giro, mentre ancora il sigaro Branca trascorre come un dirigibile nell'inchiesta e nelle cronache, in compagnia del sicario.

Si capisce che una cosa è avere la segreta certezza che un uomo è colpevole e ben altra esprimere una tale certezza, nero su bianco, con una denuncia o una sentenza. Ma forse, pensava Laurana, il poliziotto o il giudice trovavano elemento fondamentale della loro convinzione, del loro giudizio, nella presenza fisica dell'uomo sospettato o imputato: nei suoi atteggiamenti, sguardi, esitazioni, trasalimenti, parole; tutte cose che difficilmente si intravedono nei resoconti dei giornali. E questo era, in definitiva, l'elemento che gli dava certezza della colpevolezza di Rosello. E ci sono, si sa, dei casi in cui gli innocenti si comportano da colpevoli, e perciò si perdono; quasi sempre, anzi, sotto l'occhio della guardia municipale, del doganiere, del carabiniere, del giudice gli italiani prendono a comportarsi da colpevoli. Ma lui, Laurana, era lontano dalla legge, e da coloro che dell'autorità della legge erano investiti, più di quanto Marte sia lontano dalla Terra: e poliziotti e giudici appunto vedeva in fantastica lontananza, come marziani che ogni tanto si materializzassero nell'umano dolore, nella pazzia.

Dal giorno in cui Laurana gli aveva domandato di quella persona che a lui si accompagnava per le scale del palazzo di giustizia, Rosello aveva perso la testa. Spesso lo evitava, facendogli appena un cenno di saluto se a tempo non poteva scantonare o fingere di non vederlo; ma qualche volta gli si attaccava dichiarandogli affetto, mettendogli a disposizione i suoi servizi, le sue influenze su provveditori, sottosegretari e ministri. Ma come Laurana restava imbarazzato e irrigidito di fronte alle dimostrazioni di affetto e rispondeva di non aver bisogno che lo si raccomandasse ai potenti della burocrazia scolastica, Rosello si faceva diffidente e greve. Pensava forse che Laurana non rispondesse alle sue dimostrazioni d'affetto e non volesse approfittare dei servizi che gli offriva per quel disdegno, ormai raro, dell'uomo onesto dinanzi al delinquente o addirittura perché i suoi sospetti volesse confidarli al maresciallo, al commissario, farli insomma pervenire, direttamente o meno, ad uno degli inquirenti. Intenzione che Laurana assolutamente non aveva; e il suo cruccio, la sua preoccupazione, era appunto che Rosello una simile intenzione gli attribuisse. Più che la paura, che dal ricordo di come Roscio e il farmacista erano finiti a volte gli si insinuava portandolo, anche automaticamente, a precauzioni che gli evitassero la stessa fine, era una sorta di oscuro amor proprio che gli faceva decisamente respingere l'idea che per suo mezzo toccasse giusta punizione ai colpevoli. La sua era stata una curiosità umana, intellettuale, che non poteva né doveva confondersi con quella di coloro che la società, lo Stato, salariavano per raggiungere e consegnare alla vendetta della legge le persone che la trasgrediscono o infrangono. E giuocavano in questo suo oscuro amor proprio i secoli d'infamia che un popolo oppresso, un popolo sempre vinto, aveva fatto pesare sulla legge e su coloro che ne erano strumenti; l'affermazione non ancora spenta che il miglior diritto e la più giusta giustizia, se proprio uno ci tiene, se non è disposto a confidarne l'esecuzione al destino o a Dio, soltanto possono uscire dalle canne di un fucile.

Al tempo stesso sentiva però il disagio di una complicità involontaria, di una specie di solidarietà, anche se impropria e remota, con Rosello e il suo sicario: un sentimento che, al di là dell'indignazione morale, della repugnanza, tendeva ad accordar loro impunità ed anzi a restituirli a quella sicurezza che, a causa della sua curiosità, indubbiamente negli ultimi tempi avevano perduta. Ma si poteva, d'altra parte, accordare a Rosello tanta impunità da lasciare che prendesse il posto della sua vittima accanto a quella donna che oscenamente splendeva nella mente di Laurana, come al centro di un labirinto di passione e di morte? E qui si faceva ambigua anche la sensualità, il desiderio: la gelosia, immotivata, gratuita, carica di tutte le insoddisfazioni, timidezze e repressioni della sua vita, da una parte; un acre piacere, quasi l'appagamento del desiderio in una sorta di visuale prossenetismo, dall'altra. Ma tutto ciò molto confusamente, in un baluginare allucinato, febbrile.

E passò così tutto il mese di ottobre.

Nei primi di novembre, cadendo quattro giorni di vacanza tra la festa dei morti e quella della vittoria, Laurana scoprì che non solo tutti i guai vengono all'uomo dal non saper stare nella propria casa, ma che lo stare in casa apriva prospettive di lavoro e delizia di riletture. Uscì la mattina del due novembre per accompagnare sua madre al cimitero: e dopo aver constatato che alle tombe dei loro morti non mancavano fiori e lampe, per come avevano ordinato e pagato, la madre come ogni anno volle fare il giro dei vialetti, fermandosi a recitare un requiem davanti alle tombe di parenti e amici. Si fermarono così davanti alla tomba gentilizia dei Rosello, dove trovarono la signora Luisa elegantemente ingramagliata, inginocchiata su un cuscino di velluto a pregare davanti alla lastra di marmo che portava il nome del marito, *tragicamente rapito all'affetto dei suoi*, e al centro incastonato un ritratto a smalto in cui il povero Roscio mostrava vent'anni di meno e un'aria tra spiritata e dolente. La signora si alzò e fece gli onori di casa: spiegò che lei aveva scelto quel ritratto giovanile del marito come il più vicino al tempo in cui si erano conosciuti; illustrò la genealogia e il grado di consanguineità e affinità di tutti quei morti, murati alle pareti della cappella, rispetto a lei viva, ma malaviva – aggiunse – sciaguratamente viva. Sospirò, deterse invisibili lacrime. La vecchia signora Laurana recitò il suo requiem. Nei saluti, parve a Laurana che la signora Luisa gli stringesse la mano con indugio e intenzione e un balenare di implorante intesa nello sguardo. Immaginò che il cugino, l'amante, le avesse raccontato tutto: e che lei gli raccomandasse dunque silenzio. Ne fu turbato, perché ciò confermava una diretta complicità di lei.

Ma il silenzio non c'era bisogno di raccomandarglielo. E anzi la sua decisione di passare in casa tutte le serate veniva dalla volontà di dimenticare e di farsi dimenticare, di ridare a Rosello quella sicurezza e libertà che negli ultimi tempi gli erano venute meno. E anche a lei, alla signora Luisa: che doveva avere tanta paura da costringersi a quel funebre zelo, inginocchiata per ore davanti alla tomba del marito ad aspettare che qualche visita le portasse il sollievo di alzarsi. Il quale movimento era, notò Laurana, attentamente aspettato e spiato da un gruppo di giovinastri: poiché la stretta veste nera, che già nella immobilità che figurava raccoglimento e preghiera lasciava intravedere abbondante e languida nudità, come di un'odalisca di Delacroix, nell'alzarsi doveva per forza scoprire il bianco della coscia sulla calza bien tirada. 'Che popolo', pensò con un disprezzo venato di gelosia: e che in qualunque posto del mondo, là dove l'orlo di una gonna saliva di qualche centimetro sul ginocchio, nel raggio di trenta metri c'era sicuramente un siciliano, almeno uno, a spiare il fenomeno. E non considerava che anche lui aveva colto voracemente il bianco lampeggiare della carne tra il nero, e si era accorto di quel gruppo di giovinastri, per il semplice fatto che era della stessa razza.

Camminando appoggiata al suo braccio, la madre gli sussurrò sulla vedova Roscio la previsione che a risposarsi non avrebbe tardato molto.

« E perché? » domandò.

« Ma perché la vita è così. E poi così giovane, così bella ».

« Tu forse che ti sei risposata? ».

« Non ero più tanto giovane, e bella non sono stata mai » disse la vecchia con un sospiro.

Laurana ne ebbe spiacevole senso, quasi di disgusto. 'È strano' pensò 'come passeggiando per un cimitero ci si senta bestialmente vivi; magari sarà la giornata': ché era una giornata particolarmente bella, calda, di un fradicio ma gradevole odore di terra, di radici; e nel cimitero vi si intrideva anche il profumo delle siepi di mentastro e di rosmarino, di garofani; di rose anche, vicino alle tombe più ricche.

« E chi dovrebbe sposare, secondo te? » domandò con una certa irritazione.

« Ma suo cugino, l'avvocato Rosello » rispose la vecchia fermandosi a scrutarlo in faccia.

« Perché proprio lui? ».

« Ma perché sono cresciuti assieme, nella stessa casa; perché si conoscono bene; perché il loro matrimonio può riunificare una proprietà ».

« E ti sembrano buone ragioni? A me pare una cosa piuttosto oscena, e appunto per il fatto che sono cresciuti assieme, nella stessa casa ».

« Sai come si dice? Tre c sono pericolose: cugini, cognati e compari. Le tresche più gravi si verificano quasi sempre nella parentela e nel comparatico ».

« Ma c'è stata una tresca? ».

« E chi lo sa? Certo che un tempo, quando erano ragazzi, quando stavano assieme, si disse che erano innamorati... Cose di ragazzi, si capisce... E l'arciprete, si disse, ne ebbe dispiaceri; e ci mise rimedio... Ora non ricordo bene: ma una certa diceria ci fu ».

« E perché ci mise rimedio? Se erano innamorati, poteva lasciare che si arrivasse al matrimonio ».

« Tu hai detto ora che ti pare una cosa oscena: la pensava così anche l'arciprete ».

« La dicevo oscena perché tu non hai parlato d'amore, hai portato come ragione di un eventuale matrimonio il fatto che sono cresciuti nella stessa casa, e la roba... Ma se c'era amore, la cosa era diversa ».

« Per il matrimonio tra cugini ci vuole la dispensa della Chiesa: e dunque un'ombra di peccato c'è... E ti pare che l'arciprete potesse ammettere che un amore non proprio retto fosse nato nella sua casa? Sarebbe stata una vergogna, l'arciprete è un uomo scrupolosissimo ».

« E ora? ».

« Ora che? ».

« E se si sposano ora, dico: non è la stessa cosa? Tanta gente penserà come te: che si volevano bene da prima, da quando vivevano in casa dell'arciprete ».

« Non è la stessa cosa: ora diventa quasi un'opera di carità... Sposare una vedova con una bambina, riunificare la roba... ».

120

« Opera di carità rimettere assieme la roba? ».

« E come no? Chiede carità anche la roba ».

'Cristo, che religione', pensò Laurana. E del resto sua madre questa religione della roba quotidianamente la testimoniava non ammettendo che si buttasse via il pane raffermo, il cibo che restava nel piatto, la frutta che cominciava ad andare a male. « Mi viene pena » diceva: e mangiava il pane duro e le pere sfatte. E per questa carità che aveva per i resti della mensa, quasi che implorassero la grazia di diventar feci, una volta o l'altra c'era pericolo che ci restasse secca.

« E se questi due, che si amavano sotto il tetto dell'arciprete, avessero continuato ad amarsi anche dopo il matrimonio di lei? E se ad un certo punto avessero deciso di togliersi dai piedi Roscio? ».

« Non può essere » disse la vecchia. « Il povero dottore, si sa, è morto per causa del farmacista ».

« E se invece il farmacista fosse morto per causa di Roscio? ».

« Non può essere » disse di nuovo la vecchia.

« Va bene, non può essere. Ma per un momento ammettiamolo... Diresti che è stata opera di carità? ».

« Se ne sono viste di più grosse » disse, senza minimamente scandalizzarsi, la vecchia: ed erano appunto arrivati davanti alla tomba del farmacista Manno, che sotto le ali di un angelo, dal medaglione di smalto, sorrideva soddisfatto di una felice caccia.

XV

Laurana passò i quattro giorni di vacanza a riordinare e aggiornare i suoi appunti per le lezioni di letteratura italiana e latina. Era, nel suo mestiere, appassionato e scrupoloso: e perciò in quel lavoro riuscì quasi a dimenticare la vicenda in cui era venuto a impigliarsi; e nei momenti che ci pensava la vedeva distaccata, lontana, declinata nella tecnica, nella forma, e un po' anche nell'idea, di un Graham Greene. E pure l'incontro al cimitero con la signora Luisa, e i pensieri che l'incontro gli aveva suscitato, erano entrati in un circuito letterario, con cadenze di nero e cattolico romanticismo.

Ma nel riprendere la solita vita dei giorni di scuola, più greve dopo quei quattro giorni di riposo, ebbe la sorpresa di trovare sulla corriera per il capoluogo la vedova Roscio.

Stava seduta in prima fila, le gambe velate di nero a filo dello sportello aperto. Il posto accanto era libero: e rispondendo al saluto, con un sorriso timidamente invitante, lei glielo indicò. Laurana ebbe un momento di esitazione: un sentimento di vergogna, quasi che seduto accanto a lei, in prima fila, venisse ad offrire a tutti lo spaccato di quel che sapeva, di quel che sentiva di desiderio e di repulsione, per un momento lo spinse a trovare una scusa per fuggire l'invito. Cercò con lo sguardo, nei posti di fondo, un amico cui avesse qualcosa da dire: ma c'erano contadini e studenti, e poi tutti i posti erano già occupati. Accettò, ringraziando: e la signora disse che era una fortuna per lei che il posto fosse rimasto libero fino a quel momento, così avrebbe avuto accanto uno con cui parlare, ché soltanto parlando lei riusciva a superare il malessere che il viaggio in autobus le dava; mentre non soffriva per niente in automobile, e nemmeno in treno. Parlò poi della giornata, che era bella; dell'estate di san Martino, che era una estate vera e propria; del raccolto delle olive, che era buono; dello zio arciprete, che non stava bene... Parlava con una volubilità svagata e sciocca, da far sanguinare le orecchie. E Laurana davvero aveva la sensazione che le orecchie gli sanguinassero, come quando dalla cima di una montagna si scende di colpo a valle. Non che lui scendesse da una cima: scendeva dal sonno, dal malumore della sveglia, dalla tazza di caffè dilavato che sua madre gli aveva preparato. Ma veniva anche, la sensazione, propriamente dal sangue che vicino a lei gli si accendeva; e più il suo giudizio si faceva su di lei affilato e spietato, a coglierne lo squallore umano, a intravederne la perversità, più l'abbondante grazia del corpo, il volto in cui le labbra disegnavano broncio ed offerta, la massa dei capelli, il profumo che appena velava un afrore di letto, di sonno, suscitavano in lui un desiderio doloroso, fisicamente doloroso.

Curioso era il fatto che prima della morte di Roscio tante volte l'aveva incontrata, tante volte gli era capitato di intrattenersi con lei. Una bella donna, non c'era che dire: ma come ce ne sono tante, e specialmente oggi che i canoni della bellezza femminile hanno una varietà e vastità, in forza dei diversi miti del cinema, da comprendere la fragilità e l'abbondanza, il profilo d'Aretusa e quello del botolo. 'Ci vuole il convitato di pietra' pensò 'per celebrare il banchetto': poiché lei gli era apparsa particolarmente bella, particolarmente desiderabile, nelle vesti del lutto, appunto sotto il ritratto ad ingrandimento del marito, in quel salottino in cui le imposte socchiuse, la lampa accesa, gli specchi velati di nero davano alla morta presenza di Roscio, per la viva presenza di lei, del suo corpo giovane, pieno, consapevole, un tetro alone di irrisione. E poi era venuta, ad alimentare e complicare la sua eccitazione, la rivelazione del delitto: della passione, del tradimento, della fredda malvagità con cui era stato disegnato; il male, insomma, nel suo incarnarsi, nel suo farsi oscuramente e splendidamente sesso. E riconosceva Laurana in questo suo trasporto le remore di una lontana educazione al peccato, al giro di vite (al *turn of the screw* propriamente), allo spavento nelle

124

cose del sesso, da cui non si era mai liberato e che anzi tanto più l'assalivano quanto più il suo intelletto procedeva nei rigorosi esercizi della ragione. Si sentiva perciò, e specialmente accanto a lei, col corpo di lei che nel brusco abbordaggio delle curve si dislagava sul suo, come sdoppiato o dimezzato: e la favola degli sdoppiamenti e dei dimezzamenti, che sempre lo aveva suggestionato in letteratura, verificava ora nella sua esistenza.

Quando scesero dalla corriera Laurana non sapeva che fare; se salutarla o accompagnarla dove lei doveva andare. Stettero un po' fermi nella piazza; poi la signora, che aveva improvvisamente perso quell'aria di fatuità che aveva mantenuto per tutto il viaggio, e si era persino come indurita nei lineamenti, disse che quel giorno era venuta al capoluogo per una ragione che voleva confidargli. « Ho scoperto » disse « che veramente mio marito andò a Roma a trovare quel suo amico deputato: e per chiedergli quello che lei mi disse la sera, si ricorda?, in cui è venuto a casa mia, con mio cugino » e fece, alla parola cugino, una smorfia quasi di disgusto.

« Davvero? » domandò Laurana: scombussolato, velocemente cercando i motivi di quella imprevedibile confidenza.

« Sì, l'ho scoperto quasi per caso, quando non ci speravo più... Perché quello che lei mi ha detto allora mi ha fatto poi ricordare tante cose, tante piccole cose che messe assieme rendevano attendibile il fatto che lei, casualmente, era venuto a conoscere... E così mi sono messa a cercare, a cercare: e infine è venuto fuori un diario che mio marito teneva a mia insaputa, nascosto dietro una fila di libri... Quando ormai non ci speravo più, anche se ancora mi ci arrovellavo: e per caso, tirando giù un libro che mi era venuto desiderio di leggere ».

« Un diario, teneva un diario... ».

« Una di quelle grosse agende che le case farmaceutiche mandano ai medici... In tre o quattro righe, ogni giorno, proprio a cominciare dal primo gennaio, con quella sua scrittura quasi indecifrabile, da medico, vi aveva annotato quello che gli pareva fosse da ricordare: e specialmente cose che riguardavano la bambina. Poi, a un certo punto, nei primi di aprile, comincia a scrivere di una persona che non nomina... ».

« Che non nomina? » domandò, con sospettosa ironia, Laurana.

« No, non la nomina; ma si capisce benissimo chi è ».

« Ah, si capisce... » disse Laurana con un tono in cui si avvertiva condiscendente disposizione a stare allo scherzo senza però cascarci.

« Chiaramente, senza rischio di errore: si tratta di mio cugino ».

Laurana non se l'aspettava. Si sentì mancare il respiro, boccheggiò.

« Io mi confido con lei » continuò la signora « perché so quanta amicizia, quanto affetto lei avesse per mio marito: è una cosa che nessuno sa, che nessuno deve sapere finché non avrò in mano le prove... E oggi sono venuta qui a cercarle: ho qualche sospetto ».

« Ma allora... » disse Laurana.

« Allora che? ».

Stava per dire che allora lei non c'entrava, era innocente, l'aveva ingiustamente sospettata; ma arrossendo disse « Allora lei non crede più che suo marito sia stato ucciso perché si trovava in compagnia del farmacista? ».

« Questo ancora, in coscienza, non posso dirlo: ma è possibile... E lei? ».

« Io? ».

« Lei invece ne è convinto? ».

« Convinto di che? ».

« Della responsabilità di mio cugino, e che il povero farmacista non c'entrava per niente ».

« Veramente... ».

« La prego, non mi nasconda niente: ho tanto bisogno di lei » disse la signora accoratamente, guardandolo negli occhi con luminosa implorazione.

« Proprio convinto non sono. Diciamo che ho dei sospetti: piuttosto pesanti, per la verità... Ma lei... Lei veramente sarebbe disposta ad agire contro suo cugino? ».

« E perché no? Se la morte di mio marito.... Ma ho bisogno del suo aiuto ».

« Sono a sua disposizione » balbettò Laurana.

« In primo luogo deve promettermi che non dirà a nessuno, nemmeno a sua madre, quello che ora le ho detto... ».

« Glielo giuro ».

« Poi, da quello che lei sa e da quello che io spero di sapere oggi, parlandone assieme, discutendone, vedremo di stabilire una linea d'azione ».

« Ci vuole cautela, però, prudenza: perché una cosa è avere dei sospetti... ».

« Oggi spero di arrivare alla certezza ».

« Ma come? ».

« Non è discorso da farsi così; e sarebbe poi prematuro... Io resterò qui fino a domani sera: e domani sera, se a lei non dispiace, potremmo incontrarci... Dove potremmo incontrarci? ».

« Ma, non so... Non so, voglio dire, se lei ha preoccupazione di non farsi vedere con me... ».

« Non ne ho ».

« In un caffè? ».

« In un caffè, va benissimo ».

« Al caffè Romeris: non c'è molta gente, ci si può appartare... ».

« Verso le sette? Alle sette? ».

« Non è un po' tardi, per lei? ».

« Ma no. E poi, non credo che mi sarò sbrigata prima delle sette: tra oggi e domani ho da svolgere un compito difficile... Ma saprà tutto domani sera... Alle sette, dunque: al caffè Romeris... Poi possiamo tornare assieme in paese, con l'ultimo treno: se a lei non dispiace ».

« Ma ne sarò felice » disse, arrossendo di felicità, Laurana.

« E a sua madre: che dirà a sua madre? ».

« Dirò che sarò costretto a far tardi per cose di scuola; non è la prima volta, del resto ».

« Me lo promette? » domandò la signora con un promettente sorriso.

« Glielo giuro » disse Laurana, come trasportato da un'ondata di gioia.

« Arrivederci, allora » disse la signora porgendogli la mano.

In un impeto di amore e di rimorso Laurana si chinò sulla mano di lei quasi a baciargliela. Restò poi a guardarla mentre si allontanava nella piazza piena di palme e d'azzurro: stupenda, innocente, coraggiosa creatura. E quasi gli veniva da piangere.

XVI

Il caffè Romeris, tutto in stile floreale, con grandi specchi decorati dai leoni in calcomania del ferrochina Bisleri, col *baiser au serpent* che dal banco in cui era intagliato pareva prolungasse i suoi tentacoli nei piedi delle sedie e dei tavoli, nei bracci delle lampade e nei manici delle tazze, viveva ormai più nelle pagine di uno scrittore di quella città, morto da una trentina d'anni, che nella frequentazione dei cittadini. La sparuta clientela era di forestieri: gente della provincia che ne ricordava il passato splendore o persone come Laurana, che per ragioni di tranquillità e di letteratura lo preferivano. E non si capiva come mai il signor Romeris, ultimo di una gloriosa dinastia di pasticcieri, lo tenesse ancora aperto: forse, anche lui, per ragioni di letteratura, a celebrazione dello scrittore che l'aveva frequentato e immortalato.

Laurana vi arrivò alle sette meno dieci. Raramente era stato al Romeris in quell'ora; ma c'erano le stesse persone che al mattino o nelle prime ore pomeridiane: il signor Romeris dietro il registratore di cassa, il barone d'Alcozer mezzo addormentato, sua eccellenza Mosca e sua eccellenza Lumia, magistrati che, arrivati ai gradi supremi, ormai da parecchi anni si godevano la pensione e la partita a dama, il bicchiere di marsala e il mezzo toscano.

Laurana li conosceva. Salutò, fu riconosciuto da tutti, anche dal barone che era il meno pronto a riconoscere la gente. Sua eccellenza Mosca gli domandò come mai arrivasse in ora così inconsueta. Laurana spiegò che aveva perduto la corriera e gli toccava aspettare che si facesse l'ora del treno. Sedette ad un tavolo d'angolo, pregò il signor Romeris di portargli un cognac. Il signor Romeris pesantemente si alzò da dietro quel floreale monumento d'ottone, ché il lusso di tenere un cameriere non poteva permetterselo: versò il cognac con religiosa lentezza, lo portò al tavolo di Laurana. Poiché Laurana aveva già tirato fuori un libro dalla borsa, il signor Romeris si informò che libro fosse. « Lettere d'amore di Voltaire » disse Laurana.

« Ih ih » ridacchiò il barone « lettere d'amore di Voltaire ».

« Le conosce? » domandò Laurana.

« Amico mio » disse il barone « io di Voltaire conosco tutto ».

« E chi lo legge più, oggi? » disse sua eccellenza Lumia.

« Io lo leggo » disse sua eccellenza Mosca.

« Ma sì, lo leggiamo noi; lo legge, non so fino a che punto, il professore qui... Ma da quello che succede intorno non si direbbe che Voltaire sia oggi uno scrittore molto letto o almeno che sia letto per il verso giusto » disse sua eccellenza Lumia.

« Eh già » sospirò il barone.

Laurana lasciò cadere il discorso. E del resto al caffè Romeris, tra quei vecchi, si discorreva così: lunghe pause, in cui ognuno dentro di sé rimuginava l'argomento; due o tre battute ogni tanto. E infatti un quarto d'ora dopo sua eccellenza Mosca disse « Questi cani non leggono più Voltaire » e nel lessico del caffè Romeris cani erano chiamati gli uomini politici.

« Voltaire? Niente leggono, nemmeno i giornali » disse il barone.

« Ci sono marxisti che non hanno letto una pagina di Marx » disse il signor Romeris.

« E popolari » poiché il barone si ostinava a chiamare popolari i democristiani « che non hanno letto una pagina di don Sturzo ».

« Uh, don Sturzo » fece sua eccellenza Mosca sbuffando sazietà.

Ricadde il silenzio. Erano già le sette e un quarto. Laurana scorreva, senza ritenerne il senso, l'italiano doppiamente osceno di una lettera di Voltaire, continuamente levando gli occhi alla porta. Ma si sa che un quarto d'ora di ritardo, mezz'ora, entra nella normale concezione che una donna ha del tempo: e dunque non era impaziente, ma soltanto inquieto, dell'inquietudine in cui si era dibattuto negli ultimi due giorni. Una inquietudine gioiosa, ma con una controparte di apprensione in cui Luisa (ormai dentro di sé così la chiamava) entrava in una specie di atmosfera da giudizio finale: accanto a lui, di fronte alla vecchia signora Laurana.

Alle otto meno un quarto il barone d'Alcozer disse al signor Romeris, con chiara intenzione provocatoria « Del resto non lo leggeva nemmeno il vostro don Luigi » riferendosi allo scrittore che aveva dato immortalità al caffè Romeris e alla cui memoria il signor Romeris dedicava un culto geloso, fanatico addirittura.

Il signor Romeris si erse col petto e con la fronte dietro il registratore. « E che c'entra don Luigi? » disse « Don Luigi leggeva tutto, sapeva tutto... Che poi Voltaire non entrasse nella sua visione del mondo, questo è un altro discorso ».

« Ma caro commendatore Romeris » disse sua eccellenza Mosca « concedo che, sì, la visione del mondo di don Luigi non aveva niente a che fare con quella di Voltaire: ma il telegramma a Mussolini, il berretto col giummo che si metteva... ».

« Eccellenza, mi scusi: ma lei forse che il giuramento al fascismo non l'ha fatto? » disse il signor Romeris col sangue agli occhi, contenendosi appena.

« Io no » disse sua eccellenza Lumia levando la mano.

« Non lo so » disse sua eccellenza Mosca.

« Ah, non lo sai? » disse sua eccellenza Lumia, offeso.

« Ma sì, lo so: però è stato un caso, si sono scordati di farti giurare » ammise sua eccellenza Mosca.

« Non è stato un caso: io ho fatto in modo di evitare il giuramento ».

« Comunque: il giuramento » disse sua eccellenza Mosca « per noi era necessità di vita: o mangi questa minestra o salti dalla finestra ».

« Don Luigi, invece... » sogghignò il barone.

« In questo paese » disse il signor Romeris « l'invidia mangia il cuore della gente: don Luigi ha scritto cose che il mondo intero ammira, ma qui è soltanto l'uomo che ha mandato un telegramma a Mussolini e si è messo il berretto col giummo... Cose da pazzi... ». Ma nessuno raccolse l'allusione, l'offesa: ché ai tre vecchi bastava aver fatto arrabbiare il loro amico.

Laurana si sarebbe divertito molto, in altra circostanza: ora il piccolo diverbio lo faceva impaziente, quasi fosse la ragione per cui Luisa ritardava. Si alzò, andò alla porta, l'aprì, guardò la strada a destra e a sinistra. Niente. Tornò a sedere.

« Aspetta qualcuno? » domandò il signor Romeris.

« No » rispose, secco. 'Non verrà più' si disse 'ormai sono le otto'. Ma ancora ci sperava.

Ordinò, con meraviglia del signor Romeris, un altro cognac.

Alle otto e un quarto sua eccellenza Mosca gli domandò « E la scuola, professore: come va la scuola? ».

« Male » rispose Laurana.

« E perché dovrebbe andar bene? » disse il barone. « Se tutto va a sfascio, deve andare a sfascio anche la scuola ».

« Giusto » disse sua eccellenza Lumia.

Alle nove meno un quarto la visione di Luisa morta penetrò nell'apprensione di Laurana. Ebbe la tentazione di raccontare a quei quattro vecchi, che certo avevano più esperienza dei fatti della vita, del cuore umano, quel che gli capitava, quello che sentiva. Ma il barone d'Alcozer, indicando il libro che Laurana aveva chiuso, disse «Queste lettere di Voltaire, uno leggendole pensa a quel nostro proverbio che dice la sconoscenza del parentado che in una certa condizione, in certe circostanze, una parte del nostro corpo spietatamente afferma» e spiegò agli altri che erano lettere che Voltaire aveva scritto a sua nipote. Sua eccellenza Lumia disse chiaro e tondo il proverbio, il barone precisò che lo stesso termine, che nel proverbio indicava la condizione che veniva a travolgere le barriere del parentado, Voltaire usava, e in italiano. E chiese il libro a Laurana, per leggere agli amici le lettere in cui quel termine affiorava.

Si divertirono molto, con disgusto di Laurana. 'E come si può, a questi vecchi svaniti nella malizia e nell'oscenità, parlare di una preoccupazione, di una pena?'. Tutto sommato, meglio andare in questura: trovare un funzionario serio, comprensivo, raccontargli... Raccontargli che? Che una signora gli aveva dato appuntamento al caffè Romeris e non era venuta? Ridicolo. Raccontare i motivi della sua apprensione? Ma si sarebbe messa in movimento una macchina inarrestabile, pericolosa. E poi, che cosa ne sapeva lui di quello che Luisa era venuta a sapere in quei due giorni? E se aveva trovato delle prove che andavano in tutt'altra direzione? E se non aveva trovato addirittura nemmeno l'ombra di una prova? E se, per un malessere della bambina, per un qualche fatto imprevisto, l'avevano chiamata a casa? E se, nella febbre della ricerca, si fosse dimenticata dell'appuntamento?

Ma sotto tutte queste probabilità traluceva la visione di lei in pericolo, di lei morta.

Passeggiò con furore tra la porta e il banco.

« Ha qualche preoccupazione? » domandò il barone interrompendo la lettura.

« No: è che sono qui da due ore ».

« Noi siamo qui da anni » disse il barone chiudendo il libro e restituendoglielo.

Laurana lo prese, lo mise dentro la borsa. Guardò l'orologio: le nove e venti. « È meglio che cominci ad avviarmi alla stazione » disse.

« Ha tre quarti d'ora davanti, per il suo treno » disse il signor Romeris.

« Passeggerò un poco, la serata è bella » disse Laurana. Pagò i due cognac, salutò, uscì. Mentre si richiudeva la porta alle spalle sentì che sua eccellenza Lumia diceva « Avrà appuntamento con qualche donna, e non gli pare l'ora ».

C'era poca gente, per la strada. La serata era bella, ma di freddo pungente, di vento. Lentamente scese verso la stazione svolgendo tetri pensieri.

Svoltando in piazza della stazione, una macchina lo sorpassò, si fermò stridendo a una diecina di metri, tornò verso di lui a marcia indietro. Lo sportello si aprì, il guidatore, inclinato sul sedile, lo chiamò « Professore, professore Laurana ». Laurana si avvicinò, riconobbe uno del paese, benché non ne ricordasse al momento il nome.

« Va alla stazione? Deve prendere il treno per il paese? ».

« Sì » disse Laurana.

« Se vuole approfittare » offrì l'altro.

'Buona occasione' pensò Laurana 'arriverò presto e magari potrò telefonare a casa di Luisa, informarmi'. « Grazie » disse. Entrò nella macchina, accanto all'autista. La macchina partì di furia.

XVII

«Un tipo chiuso, di poche parole, a volte insofferente, scontroso; uno di quei tipi che sono, sì, gentili, premurosi, forse anche affettuosi: ma capaci di scattare, per una falsa impressione, per una parola malintesa, in una reazione imprevedibile, in un colpo di testa... Come professore, niente da dire: bravissimo, preciso, coscienzioso. Cultura solida, buon metodo... Da questo lato, ripeto, niente da dire... Ma dal lato della sua vita privata... Ecco, non vorrei sembrare indiscreto: ma come uomo, nella sfera delle affezioni private, mi è parso sempre, come dire?, pieno di complessi, ossessionato...».

«Ossessionato?».

«Forse l'espressione è un po' forte, e certo non corrisponde all'idea che i più si sono fatta di lui, della sua vita: un uomo sereno, ordinato, di regolarissime abitudini; e franco nell'esprimere opinioni e giudizi, libero... Ma a momenti, chi lo conosce bene, lo vede diventare spinoso, pieno di rancore... Di fronte alle colleghe, alle alunne, sembra un misogino: ma io credo sia un timido... ».

« Ossessionato per quanto riguarda le donne, dunque, il sesso » disse il commissario.

« Qualcosa di simile » approvò il preside.

« E ieri: come si è comportato ieri? ».

« Direi normalmente: ha fatto le sue ore di lezione, si è intrattenuto un po' con me, con i colleghi. Abbiamo parlato, mi pare, di Borgese... ».

La matita del commissario calò a tracciare quel nome sul taccuino. « Perché? » domandò.

« Perché abbiamo parlato di Borgese? Ma soltanto perché Laurana, da un po' di tempo a questa parte, si è messo in testa che Borgese sia stato sottovalutato, che bisogna rendergli giustizia ».

« E lei non è di questo parere? » domandò, con una punta di sospetto, il commissario.

« In coscienza, non saprei: dovrei rileggerlo... Il suo *Rubè* mi ha fatto grande impressione: ma trent'anni fa, caro commissario, trent'anni fa ».

« Ah » fece il commissario: e sotto nervosi segni della matita fece scomparire il Borgese che prima aveva scritto.

« Ma forse » continuò il preside « di Borgese abbiamo parlato ieri l'altro. Ieri... Insomma: non mi è parso ci fosse in lui, ieri, niente di diverso, di mutato ».

« Certo è, comunque, che ieri non è rimasto in città per una riunione qui a scuola ».

« Certissimo ».

« Ma perché a sua madre ha detto una cosa simile? ».

« E chi lo sa? Voleva, indubbiamente, nasconderle qualcosa: e l'unica cosa che si può pensare volesse nasconderle è una sua relazione con una donna o se non una relazione... ».

« Un appuntamento, un incontro: ci abbiamo già pensato... Ma intanto, fino a questo momento, non siamo riusciti a ricostruire il suo tempo dopo che è uscito dal ristorante qui vicino: cioè dalle quattordici e trenta in poi ».

« Un ragazzo della sua classe » disse il preside « stamattina mi ha detto che ieri sera l'ha visto al caffè Romeris, seduto a un tavolo ».

« Potrei parlare con questo ragazzo? ».

Il preside lo fece subito chiamare. Il ragazzo confermò che la sera prima, passando davanti al caffè Romeris, aveva gettato un'occhiata dentro: e aveva visto il professor Laurana seduto a un tavolo; leggeva un libro, erano circa le sette e tre quarti, forse le otto.

Il ragazzo fu congedato. Il commissario intascò taccuino e matita, si alzò sospirando. « Andiamo dunque al caffè Romeris: debbo sbrigare in fretta questa faccenda perché sua madre è dalle sei del mattino che sta in questura, ad aspettare... ».

« Povera vecchia... E lui era così attaccato alla madre » disse il preside.

« E chi lo sa? » disse il commissario. Cominciava ad avere un'idea: e appunto ne trovò conferma al caffè Romeris.

«Secondo me» disse sua eccellenza Lumia «aveva un appuntamento con una donna: era impaziente, agitato».

«Aspettava che si facesse l'ora: ed era emozionato come un ragazzo che sta per correre la sua prima avventura» disse il barone.

«Lei sbaglia, caro barone: secondo me, l'appuntamento l'aveva qui, e la donna non è venuta» disse il signor Romeris.

«Non so» disse sua eccellenza Mosca «non so... Una donna sotto c'è, questo è indiscutibile... Quando è uscito, dopo due ore, uno di noi ha detto che stava correndo a un appuntamento con una donna...».

«Sono stato io» disse sua eccellenza Lumia.

«Ma il suo comportamento, in verità, non era stato quello di uno che deve perdere un po' di tempo prima che si faccia l'ora dell'appuntamento: continuamente levava gli occhi dal libro per guardare alla porta, passeggiava tra la porta e il banco; e una volta, anzi, ha aperto la porta per scrutare la strada a destra e a sinistra» disse sua eccellenza Mosca.

«Dunque» osservò il commissario «non sapeva da quale parte la donna dovesse arrivare, se da destra o da sinistra. Si può dedurre perciò che non sapesse in quale parte della città la donna abitasse».

«Non deduciamo niente» disse il barone «la realtà è sempre più ricca e imprevedibile delle nostre deduzioni. Anzi, se proprio vuol dedurre qualcosa, le dirò che se veramente aspettava qui, in questo caffè, una donna, doveva essere una venuta da fuori... E che crede che qui le donne escano di casa alle sette o alle otto di sera per andare ad un appuntamento in un caffè? ».

« A meno che non fosse una baldracca » corresse sua eccellenza Lumia.

« Non era uomo da farsela con le baldracche » disse il signor Romeris.

« Caro commendatore Romeris, lei non ha idea quante persone, persone serie, piene di dignità e di cultura, cerchino la compagnia delle baldracche » disse sua eccellenza Lumia. « C'è da dire, piuttosto, che l'appuntamento una baldracca glielo avrebbe dato a casa propria o in albergo: qui, se mai, può avvenire un incontro da innamorati ».

« Il problema » disse il barone « è questo: aveva un appuntamento qui, aspetta due ore, la donna non viene, lascia il caffè dicendo che va alla stazione, scompare; oppure: sta qui finché si fa l'ora dell'appuntamento, ci va, scompare. Se aspettava la donna qui, quando si accorge che è stato uccellato o che la donna non è potuta venire per chi sa quale ragione, scornato o preoccupato che sia, che cosa può fare? I casi sono tre: se ne torna a casa, a macerare nel suo letto la delusione o l'apprensione; va a casa della donna ad esigere una spiegazione, e trova chi gli fa la pelle; va a gettarsi giù dal bastione o sotto un treno. Poiché a casa non è tornato, restano aperte le due altre possibilità. Se stava qui per far passare il tempo e poi andare all'appuntamento, resta invece aperta una delle due possibilità: che nel luogo dell'appuntamento trova un marito, un padre, un fratello che lo fa fuori, e buonanotte ».

« Ma in fondo si può anche fare una ipotesi meno romanzesca, più ovvia, più naturale: che sia andato all'appuntamento, abbia trovato la donna del suo desiderio, che con lei si sia scordato di sua madre, della scuola, di domineddio... E che non è possibile? » disse sua eccellenza Mosca.

« Non credo: un uomo così tranquillo, così controllato » disse il signor Romeris.

« Appunto » disse sua eccellenza Lumia.

Il commissario si alzò. « Mi fuma la testa » disse. Il ragionamento del barone, filato, non c'era che dire, preciso, gli aveva aperto un baratro. Va' a cercarle tutte le donne che potevano avere col professore una relazione fortuita o di durata! Per cominciare, tutte le alunne; ragazze tra i quindici e i diciotto anni oggi capaci di tutto. Poi le colleghe. Poi le madri degli alunni e delle alunne, almeno quelle meglio conservate e piacenti. E poi le donne facili, quelle baldracche che come in antico si possono dire honeste e quelle invece da poco, a tariffa. Un lavoro che non sarebbe finito più. A meno che, si capisce, il professore non venisse fuori tra oggi e domani, come un gatto che è andato a passare qualche notte sui tetti.

Ma il professore giaceva sotto grave mora di rosticci, in una zolfara abbandonata, a metà strada, in linea d'aria, tra il suo paese e il capoluogo.

XVIII

L'otto settembre, nel paese festa di Maria
Bambina, il simulacro di una bambina fasciata
d'oro e perle portato in processione, fuochi
d'artificio e bande di cui anche le mura vibrava-
no come diapason, la prima scanna dei porci e
l'ultima proluvie di gelati, l'arciprete Rosello
riprese la consuetudine di ricevere in casa gli
amici, in gloria appunto di Maria Bambina il cui
altare, nella chiesa madre, particolarmente pre-
diligeva. La consuetudine durava da anni, ma
l'anno prima l'aveva saltata per il lutto che gli
toccava osservare a causa della morte di Roscio.
Ora, caduto in agosto il primo anniversario del
tragico fatto, riapriva la sua casa alla festa; e
tanto più che c'era da annunciare il fidanzamento di suo nipote l'avvocato con sua nipote
Luisa: avvenimento, diceva l'arciprete, cui avevano concorso il malvolere degli uomini e la

volontà di Dio imperscrutabile, alla quale lui si arrendeva.

« Mi ci rassegno, ecco... » spiegava a don Luigi Corvaia « Dio sa se avrei voluto un matrimonio tra loro, cresciuti nella mia casa come fratello e sorella: ma a questo punto, dopo la tragedia, si tratta di un'opera di pietà... Di pietà familiare, beninteso... Si poteva lasciare questa povera mia nipote, giovane, con una bambina, a passare sola il resto della vita? E d'altra parte, coi tempi che corrono, come trovarle un buon marito, uno che non la sposasse per mangiarle la roba e che avesse tanta bontà, tanta carità, da considerare la bambina come sua? Difficile, mio caro don Luigino, difficile... E allora mio nipote, che per la verità non aveva vocazione al matrimonio, ha deciso non dico di sacrificarsi, per carità!, ma di fare questo passo giusto, pietoso... ».

« Ostia! » fece, quasi un muggito, il colonnello Salvaggio che dietro le spalle dell'arciprete aveva sentito l'ultima frase.

L'arciprete, tra l'indignazione e l'allarme, si voltò: ma si aprì al sorriso vedendo il colonnello, dolcemente lo ammonì « Colonnello, colonnello: sempre lo stesso... ».

« Mi perdoni » disse il colonnello « ma volevo dire: lei, giustamente, per la veste che porta, la mette con la pietà; io da vecchio peccatore, la metto diversamente. Insomma: la signora Luisa è una donna splendida; e l'avvocato suo nipote, santo Dio, è un uomo. Ora, dico, un uomo che è uomo, di fronte alla bellezza, di fronte all'avvenenza... ».

Minacciandolo scherzosamente con la mano

l'arciprete si allontanò; e il colonnello continuò con don Luigi il suo discorso, più liberamente. « Mi parla di pietà, questo pretaccio. Una donna che per starle vicino io farei cose da pazzi, una donna come quella... » fece segno verso di lei che, elegantissima nel mezzo lutto, stava accanto al cugino fidanzato: lei lo notò, rispose con un sorriso, con un lieve movimento della testa. Il colonnello ebbe come un brivido, si piegò all'orecchia di don Luigi a fargli ascoltare il gemito del suo desiderio. « Ma lo vede che sorriso? Quando sorride è come se si spogliasse: mi fa un effetto... ». E improvvisamente, alzando la mano come impugnasse la sciabola, gridò « Carica, perdio, carica! ». Vedendolo lanciarsi, don Luigi credette andasse a gettarsi sulla signora; ma il colonnello correva invece al buffet, dove avevano cominciato a distribuire i gelati.

Si avviò al buffet anche don Luigi. C'erano il parroco di Sant'Anna, il notaro Pecorilla con la moglie, la signora Zerillo. Con mezze parole, con sussurri, stavano sparlando degli ospiti: naturalmente. Ma don Luigi non era in vena di spettegolare. Si allontanò.

Il notaro Pecorilla ingoiò in fretta il suo gelato e lo raggiunse. Si affacciarono al balcone: la festa, sotto, ribolliva. Don Luigi sfogò sulla festa il suo malumore; dalla festa arrivò alla Cassa del Mezzogiorno, alla Fiat, al governo, al Vaticano, alle Nazioni Unite. « Quanto siamo cornuti » concluse.

« C'è qualche cosa che ti va per traverso? » s'informò il notaro.

« Tutto » disse don Luigi.

« Noi due dobbiamo parlare » disse il notaro.

« E che parliamo a fare? » disse don Luigi con stanchezza « Quello che so io lo sai anche tu e lo sanno tutti. Perché parlarne? ».

« Io sono curioso. E poi, il bisogno di sfogare lo sento: e se non mi sfogo con te, che ci conosciamo da sessant'anni, con chi mi posso sfogare? Di queste cose, non parlo nemmeno con mia moglie ».

« Andiamo fuori » disse don Luigi.

« Nel mio ufficio » propose il notaro.

L'ufficio del notaro era a due passi, in un pianterreno. Entrarono: il notaro accese la luce, chiuse la porta; sedettero uno di fronte all'altro, senza parlare si scrutavano. Poi don Luigi disse « Mi hai portato qui per parlare: e parla ».

Il notaro esitò; poi precipitosamente, come se si strappasse un brandello di pelle, con decisione e con sofferenza, disse « Il povero farmacista non c'entrava per niente ».

« Che scoperta! » disse don Luigi « Io ho capito come stavano le cose prima che finissero i tre giorni di lutto ».

« L'hai capito o l'hai saputo? ».

« Ho saputo una cosa che mi ha fatto capire quello che c'era dietro le apparenze ».

« E che cosa hai saputo? ».

« Che Roscio aveva scoperto la tresca della moglie col cugino: li aveva sorpresi insieme ».

« Giusto. È quello che ho saputo anch'io: forse dopo di te, ma l'ho saputo ».

« Io l'ho saputo subito perché la donna che serve in casa Roscio è madre di quella che serve in casa di mia zia Clotilde ».

« Ah già... Ma dico: Roscio, trovando la moglie diciamo in dolce colloquio con quell'altro, che ha fatto? ».

« Niente ha fatto: ha voltato loro le spalle e se ne è andato ».

« Cristo di Dio! E come li ha lasciati vivi? Io avrei fatto un macello ».

« Storie... Qui, in questa terra della gelosia e dell'onore, si trovano i più perfetti esemplari di cornuti... E poi, il fatto è che il povero dottore era innamorato pazzo della moglie ».

« E io ti posso raccontare il resto, perché lo so di prima mano. Me l'ha raccontato il sagrestano della Matrice: ma mi raccomando... ».

« Mi conosci: non parlo manco se mi mettono ai tormenti ».

« Dunque: per circa un mese Roscio non disse niente; poi, un giorno, andò a trovare l'arciprete, gli disse della tresca che aveva scoperto, gli diede un ultimatum: o faceva andar via il nipote, fuori del paese e che mai più vi tornasse, o avrebbe consegnato a un suo amico, un deputato comunista, certi documenti da mandare l'amante di sua moglie difilato in galera ».

« Ma questi documenti come li aveva avuti? ».

« A quanto pare, era andato nello studio di Rosello un giorno che lui non c'era... Il praticante, il giovane dello studio, lo aveva fatto entrare, lo aveva lasciato solo: sapeva che l'avvocato era fuori sede, che non sarebbe tornato; ma Roscio affermò che invece gli aveva dato appuntamento. Era passato mezzogiorno, il ragazzo doveva andare a colazione; e poi non sapeva che i rapporti tra l'avvocato e il dottore fossero mutati, li sapeva in grande intimità... Lo lasciò solo, dunque: e quello fotografò il bene di Dio... Dico che fotografò perché è certo che Rosello non si accorse di niente, non seppe niente, finché Roscio non parlò con l'arciprete. Allora, quando l'arciprete gli disse di quello che Roscio aveva in mano, Rosello si precipitò a interrogare il ragazzo. Il ragazzo si ricordò di quella visita, disse che aveva lasciato il dottore nello studio, solo. Rosello ebbe una crisi di nervi, lo schiaffeggiò, lo licenziò; poi ci pensò sopra, andò a cercarlo, gli spiegò che i nervi gli erano saltati perché Roscio l'aveva rimproverato per averlo fatto aspettare inutilmente, e l'appuntamento che avevano era importante: gli regalò diecimila lire, lo riassunse... ».

« E questo te l'ha raccontato il sagrestano? ».

« No, questo l'ho saputo dal padre del ragazzo ».

« Ma Rosello teneva così, a portata di mano, documenti tanto importanti? ».

« Questo non lo so, Roscio avrà avuto magari una controchiave; e poi Rosello fa il comodo suo da tanti anni, e con tanta fortuna, che ormai, forse, si riteneva sicuro, intoccabile... Ma quando lo zio gli disse dell'aut aut di Roscio, e allora si sentì mancare il terreno sotto i piedi ».

« Esatto » approvò don Luigi. « Mia zia Clotilde, invece, sostiene che Roscio è stato levato di mezzo perché gli amanti non ne potevano più di nascondersi, di fingere... Per passione, insomma ».

« Passione un corno » disse il notaro. « Quelli c'erano abituati, la tresca durava da quando venivano dal collegio per le vacanze: e prima la facevano di nascosto dall'arciprete, poi dal marito; e forse ci si divertivano: c'era l'emozione della cosa proibita, del rischio... ».

Si interruppe perché bussavano alla porta: colpetti leggeri, continui. « E chi può essere? » si preoccupò il notaro.

« E aprigli » disse don Luigi.

Il notaro andò ad aprire. Era il commendatore Zerillo. « E che » disse « avete lasciato la festa e siete venuti a chiudervi qui dentro? ».

« Già » disse il notaro, freddo.

« E di che stavate parlando? ».

« Del tempo » disse don Luigi.

« Lasciamo perdere il tempo, che per ora si mantiene bello e non è il caso di parlarne... Voglio essere chiaro: io se non parlo con qualcuno scoppio; e voi stavate appunto parlando delle cose che io ho qui » roteò la mano aperta sulla bocca dello stomaco, stringendo i denti come per una doglia incontenibile.

« Se proprio non ne può più, avanti: siamo qui ad ascoltarla » disse don Luigi.

« E voi non parlerete? ».

« E che dobbiamo dire? » domandò il notaro con aria ingenua.

« Mettiamo le carte in tavola: voi stavate parlando di questo fidanzamento, di Roscio, del farmacista... ».

« Neanche per sogno » disse il notaro.

« ... e di quel povero professore Laurana » continuò il commendatore « che è scomparso come Antonio Patò nel *Mortorio* ».

Cinquant'anni prima, durante le recite del

Mortorio, cioè della Passione di Cristo secondo il cavalier D'Orioles, Antonio Patò, che faceva Giuda, era scomparso, per come la parte voleva, nella botola che puntualmente, come già un centinaio di volte tra prove e rappresentazioni, si aprì: solo che (e questo non era nella parte) da quel momento nessuno ne aveva saputo più niente; e il fatto era passato in proverbio, a indicare misteriose scomparizioni di persone o di oggetti. Il richiamo a Patò suscitò perciò l'ilarità di don Luigi e del notaro; ma subito si ricomposero, fecero una faccia seria, ignara, preoccupata; ed evitando lo sguardo di Zerillo domandarono « E che c'entra Laurana? ».

« Poveri innocenti » vezzeggiò con ironia il commendatore « poveri innocenti che non sanno niente, che non capiscono niente... Tenete, mordete questo ditino, mordetelo » e accostò prima alla bocca del notaro e poi a quella di don Luigi il mignolo che usciva dal pugno chiuso, così come in tempi meno asettici dei nostri le mamme usavano fare coi bambini cui stavano per spuntare i denti.

Risero tutti e tre. Poi Zerillo disse « Ho saputo una cosa, una cosa che deve restare tra me e voi: mi raccomando... Riguarda il povero Laurana... ».

« Era un cretino » disse don Luigi.

FINITO DI STAMPARE NEL FEBBRAIO 2009
DA GRUPPO POZZONI

Printed in Italy

GLI ADELPHI

GLI ADELPHI
Periodico mensile: N. 162/2000
Registr. Trib. di Milano N. 284 del 17.4.1989
Direttore responsabile: Roberto Calasso